Episode 1
激走兄弟ハニ&ホー
火竜帝襲来!
ラジコンバトル、開幕!
六畳間の
侵略者!? 40

一度は敵対したけど、やっぱり仲良し。
Episode2
真希とクリムゾンの普通の1日
元・悪の魔法少女たちの平和な休日

まだまだ若い子には負けない!?
Episode3
その後の魔法少女と協力者
新旧コンビがバドミントンで対決!

女の子の宇宙旅行には
必要なものがいっぱい!?
Episode4
出発間近!
荷造りする者達!
フォルトーゼ出発前のドタバタ旅支度!

六畳間の侵略者!?40

健速

HJ文庫
1000

口絵・本文イラスト　ポコ

もくじ

キャラクター勢力図
笠《かさ》置《ぎ》静《しず》香《か》
孝太郎の同級生で
ころな荘の大家さん。
その身に
火竜帝アルゥナイアを宿す。
クラノ＝キリハ
想い人をついに探し当てた地底のお姫様。
明晰な頭脳によって
恋の駆け引きでも最強クラス。
地底人（大地の民）
里《さと》見《み》孝《こう》太《た》郎《ろう》
ころな荘一〇六号室の、
いちおうの借主で
主人公で青騎士。
松《まつ》平《だいら》賢《けん》治《じ》
孝太郎の親友兼悪友。
ちょっとチャラいが、
良き理解者でもある。
松《まつ》平《だいら》琴《こと》理《り》
賢治の妹だが、
兄と違い引っ込み思案な女の子。
新一年生として
吉祥春風高校にやってくる。
孝太郎の幼なじみ

ころな荘の住人
藍華真希《あいかまき》
元・ダークネスレインボゥの
悪の魔法少女。
今では孝太郎と心を通わせた
サトミ騎士団の忠臣。
魔法少女
（フォルサリア魔法王国）
虹野《にじの》ゆりか
愛と勇気の
魔法少女レインボーゆりか。
ぽんこつだが、決めるときは決める
魔法少女に成長。
幽霊状態
東本願早苗《ひがしほんがんさなえ》
孝太郎に憑りついていた幽霊の女の子。
今は本体に戻って元気いっぱい。
幽霊少女
ルースカニア・ナイ・
パルドムシーハ
ティアの付き人で世話係。
憧れのおやかたさまに
仕えられて大満足。
ティアミリス・
グレ・
フォルトーゼ
青騎士の主人にして、
銀河皇国のお姫様。
皇女の風格が漂ってきたが、
喧嘩っ早いのは相変わらず。
クラリオーサ・
ダオラ・
フォルトーゼ
二千年前のフォルトーゼを
孝太郎と生き抜いた相棒。
皇女としても技術者としても
成長中。
アライア姫
ナルファ・
ラウレーン
正式にフォルトーゼからやってきた留学生。
孝太郎達とは不思議な縁があるようで……？
宇宙人（神聖フォルトーゼ銀河皇国）
桜庭晴海《さくらばはるみ》
二千年の刻を超えた
アライア姫の生まれ変わり。
大好きな人と普通に暮らせる今が
とても大事。

荷物もいっぱい!?

ころな荘一〇六号室

ROOM No.106 CORONA-SOU

Episode1 激走兄弟ハニ&ホー　火竜帝襲来!

　六つの瞳《ひとみ》がテレビを見つめていた。テレビは若干《じゃっかん》古いモデルなので、いまひとつ映像はよろしくない。しかし内容が観《み》ている者の心をがっちりとキャッチ。今や彼《かれ》らの心は放送中のアニメと一つになっていた。

『行くホ！　マッハファルコン！』

『焦《あせ》り過ぎだホ、サンダートルネード、少しブレーキを遅《おく》らせるホ！』

『どうしたキングキャッスル！　お前の力はそんなものかっ⁉』

　六つの瞳の持ち主は二体の埴輪《はにわ》と、ぬいぐるみのような姿になったアルゥナイア。テレビではラジコンのレースを題材にした子供向けのアニメが放送中で、各自がお気に入りのキャラクターないしそのラジコンに声援《せいえん》を送っていた。

「……それにしても長いよな、この番組も」

三人の声に誘《さそ》われ、孝太郎《こうたろう》は宿題をする手を休めてテレビに目を向ける。このアニメのタイトルは『激走兄弟ラフ&ロード　MAX』という。孝太郎が物心つく前から放送されている長寿《ちょうじゅ》アニメで、時折サブタイトルを変更《へんこう》しながら現在までシリーズが続いている。現在のシリーズは全国大会編で、謎《なぞ》の秘密結社が開発した違反《いはん》モーターを巡《めぐ》る陰謀《いんぼう》劇と並《へい》行《こう》して主人公達《たち》の激闘《げきとう》が描《えが》かれている。今も昔も変わらない、人気のアニメだった。

『ホー！　ファルコーン‼』

『今だホ！　サンダートルネード！』

『そのままサンダーも踏《ふ》み潰《つぶ》せ、キャッスル！』

そしてこのアニメは一〇六号室に出入りしている数少ない男子のハートをがっちりキャッチ。三人は何があろうとも、毎週金曜の夕方五時半には必ずテレビの前に集合するようになっていた。

「まあ、気持ちは分からんではないな」

多少宿題をやるにはやかましくはあったのだが、興奮している三人に対する孝太郎の感情は肯定的《こうていてき》だった。地底暮らしが長かった埴輪《はにわ》達と、まるっきり環境《かんきょう》が違《ちが》う世界へ遊びに来た巨竜《きょりゅう》なので、子供のようなリアクションになる事は理解出来る。それに番組はたかだか三十分なので、いちいち目くじらを立てる事もないだろう。また孝太郎自身がかつてこの番組のファンであった事も大きかった。

「おっ、最近はこんな話なのか……意外と大掛《おおが》かりになってるな……」

　やがて孝太郎も一緒《いっしょ》になって問題のアニメを見始める。既《すで》にアニメは後半のレースシーンに移っているので、宿題の合間の休憩《きゅうけい》にはちょうど良かった。


　エンディングテーマと次回予告が終わったところで、孝太郎は宿題に戻《もど》った。少し前には難解に感じていた数式が相手だったが、てこずりながらも何とか答えを導いていく。休憩が上手《うま》くプラスに働いたようだった。

『大きいブラザー、大きいブラザー！』

　そうやって孝太郎が二つ目の数式を解いた時の事だった。カラマの声と同時に、服の袖《そで》が引っ張られた。

「ん？」

　孝太郎が声の方へ目を向けると、そこには埴輪二体を左右に引き連れたアルゥナイアの姿があった。三人とも何故《なぜ》かその瞳をキラキラと輝《かがや》かせていた。

『青騎士《あおきし》よ、忙《いそが》しいだろうが儂《わし》らの話を聞いて欲《ほ》しい』

『大きいブラザー、おいら達お願いがあるホ！』

『一生のお願いだホ！』

　三人は瞳をキラキラと輝かせながら、じりじりと距離《きより》を詰《つ》めてくる。その様子から、孝太郎は三人にはよっぽどのお願いであるらしい事を感じ取った。そして彼らの背後で点《つ》けっぱなしになっているテレビ。孝太郎はそこでピンときた。

「みなまで言うな。行くぞ！」

　だから孝太郎は殆《ほとん》ど何も聞かないうちからすっくと立ち上がり、玄関《げんかん》へ向かう。

『青騎士？』

『どこへ行くホ？』

　逆に困惑《こんわく》してしまったのがアルゥナイアと埴輪達だった。反射的に孝太郎を追いつつも、不思議そうに首を傾《かし》げる。孝太郎は六畳間と玄関の境界にあるのれんをくぐりかけたところで足を止め、振《ふ》り返った。

「駅前の模型店に決まってるだろ！」

　孝太郎は今から、駅前の模型店にラジコンを買いに行くつもりだった。埴輪達とアルゥナイアの様子から、ラジコンが欲しいのだろうと察したのだ。また孝太郎自身もアニメを見た事でもう一度ラジコンをやってみたいという気持ちになっていた。時刻は六時を回ったばかりなので、今ならまだ店は開いている。行動するなら今だった。

『流石《さすが》大きいブラザー、話せるホー！』

『やっぱり姐《あね》さんの選んだ男に間違《まちが》いはなかったホー！』

『いざ行かんラジコンの聖地へ！』

『ホー！』

『ホホー！』

事情を理解したアルゥナイアと埴輪達は、慌《あわ》てて孝太郎の後を追う。置いていかれたくないという思いと、一刻も早く自分のラジコンが欲しいという願望が重なり、三人の足は非常に軽快だった。

孝太郎は普段《ふだん》、ティアから俸給《ほうきゅう》を貰《もら》っている。これはティアが孝太郎と、姫《ひめ》と騎士ごっこをしたがるからだ。だがティアとの関係を思うと、孝太郎はそのお金を自分の為《ため》だけに使うのは何かが間違っているような気がしていた。だから孝太郎は、そのお金を使うのは多くの人間が楽しめる事をする時だけに決めていた。例えば夕食をすき焼きにグレードアップしたい時とか、みんなで旅行に行ったりとか、そういう具合だ。そのルールに照らし合わせると、今回のラジコンはお金を使ってもいい事例に当て嵌《は》まる。孝太郎とアルゥナイア、二体の埴輪が友情を深めるには良い機会だった。

駅前にある模型店は近隣《きんりん》では最大規模を誇《ほこ》る。日本の中心から離《はな》れた地方都市であるおかげで土地が安く、吉祥春風《きつしようはるかぜ》市内には多くのラジコンコースがある。おかげでラジコン愛好家の人口も多く、駅前の模型店はこの地方の聖地となっていた。その為、時刻が六時半を回っているにもかかわらず店内は多くの客で賑《にぎ》わっている。仕事帰りのサラリーマンや学校帰りの学生などがこの時間にやって来るのだった。

『ホー、ラジコンがいっぱいだホー！』

『お客さんもいっぱいいるホー！』

『やはり人気は不動という事か。それでこそ儂らが挑《いど》む価値があるというもの！』

店内に入る前から三人は興奮状態だった。遠くに輝く店の看板が見えた時などは、孝太郎を置き去りにして走って行ってしまった程《ほど》だった。まるで子供のような振《ふ》る舞《ま》いだが、孝太郎にも覚えがある。だから孝太郎はつべこべ言わずに好きなようにさせていた。姿は周囲の人間には見えないようにしていたし、声も聞こえないようになっている。何も問題はなかった。

「へぇ、最近は完成品が増えてるのか……まあ、箱を開けてすぐ遊べるだけで、新規ファンの入口はグッと広がるよな」

店内に入ると、孝太郎も気分が高揚《こうよう》し始めていた。かつてもラジコンのショップには大量の商品があったのだが、今はそれが更《さら》に先進的に進化している。操縦装置――プロポだけでも複数の棚《たな》を占拠《せんきょ》。もちろんマシンの方はそれどころではなく、車体の縮尺ごとに一区画を占拠という有り様だった。

「……ボディさえ残っていれば、この辺で懐《なつ》かしのマシンを組む手もあるか……選択《せんたく》肢《し》が豊富で迷うな……」

また改造用のパーツはそれに匹敵《ひってき》するエリアを占拠しており、改造用のパーツだけを使ってマシンを一台組み上げる事さえ可能なくらい豊富な品揃《しなぞろ》えがある。そうしたものを見て回っている内に、孝太郎の胸の中にかつてのラジコンへの情熱が戻り始めていた。

「あれっ?」

そして孝太郎が改造パーツのエリアを抜《ぬ》け、ボディに塗《ぬ》る為の塗料《とりよう》を陳列《ちんれつ》している一角へやって来た時の事だった。孝太郎はそこで思わぬ顔を見付けた。

「クラン、お前こんなところで何してるんだ？」

「あら……珍《めずら》しいところで会いましたわね」

そこにいたのはクランだった。彼女《かのじょ》は孝太郎に気付くと、手に持っていた溶剤《ようざい》の瓶《びん》を棚に戻して軽く微笑《ほほえ》んだ。

「実は以前から塗料や溶剤、小物なんかをしばしばここへ買いに来ているんですの」

「ああそうか、お前にとっては便利な場所だよな」

クランは先進的な技術の持ち主なので、日頃《ひごろ》から頻繁《ひんぱん》に発明品を作る。もちろんそうしたものを作る為には資材が必要だが、地球はフォルトーゼから離れた場所にあるので、全ての発明品をフォルトーゼ製の資材で作る事にこだわると、あっという間に資材を使い果たしてしまう。地球で手に入る物は地球の物を使った方が良い。塗料などは特にそうで、特別なもの以外は地球とフォルトーゼでも品質には違いがない。そんな訳でクランはこの場所に日常的に足を運んでいるのだった。

「それであなたの方はどういう理由ですの………って、当然ここの本来の利用目的に決まっていますわね」

「まあな。俺達《おれたち》はラジコンをやる事にしたんだ」

「ん………『達』？」

クランは不思議そうに訊《き》き返す。一〇六号室の関係者には、ラジコンに入れ込《こ》みそうなメンバーは思い付かなかった。

「あの辺」

『ホー！　もうブレイブウィング装備型のファルコンが出ているホー！』

『サンダートルネードのラージホイールもあるホー！』

『なんだこのラジコンは!?　熊が乗っているぞ!!』

「なるほど、あっちに引き摺《ず》られましたのね」

埴輪と火竜帝《かりゅうてい》がメンバーだと知ると、クランは納得《なっとく》して大きく頷《うなず》いた。確かにあの三人ならありそうな話だった。人の良い孝太郎はそれに付き合ったのだろう。

「そうでもない。以前は俺も入れ込んでた口だからな。懐かしくなって俺も参加だ」

「そうでしたの」

「そういう訳だからまた後でな」

「えっ？　あ、ああ、そうですわね………また後で………」

孝太郎は早々にクランに背を向け、三人組の方へ戻って行ってしまう。そして以降、孝太郎はクランの方を振り向かない。それはクランが思わず拍子抜《ひょうしぬ》けしてしまうほどのあっさりとした去り方だった。

――わたくしと話すよりも大事な事ですの、それは……？

クランはラジコンには興味がなかった。そもそも男の子の遊びという思いと、自身の技術を限界までは使えないジャンルである事が問題となっていた。わざわざやるほどの事はないだろうと考えていたのだ。知ってはいるが、注意を向けていなかった、という事になるだろうか。

「もー、ちょっとお待ちなさい、ベルトリオンッ！」

「んー？」

しかし孝太郎が入れ込んでいるという一点で、彼女はラジコンに興味を持った。クランをほったらかしにするほどの趣味《しゅみ》とは果たしてどんなものなのか。だから興味半分、嫉妬《しっと》半分の微妙《びみょう》な気持ちを抱《かか》えて、クランは孝太郎を追いかけていった。

駅前の模型店にやってきた孝太郎達は、それぞれに自分のマシンを選び始めた。完成品を選ぶというお手軽な方法もあるのだが、全員が組み立てキットのコーナーにいる。これはアニメの主人公達がそうしているからだった。

『自分のマシンは自分で組み立てないと魂《たましい》が入らないホー！』

『ただのおもちゃには興味はないホー！　必要なのは苦楽を共にする相棒だホー！』

『仕組みを知らんうちは、真の上達はない。帝王《ていおう》には帝王の歩むべき道がある！』

「みんなちゃんと分かってるじゃないか。そこだよそこ！」

『大きいブラザー、このセットを買うといいホ？』

『サンダートルネードがないホー！』

『さんだーとるねーどはこっちにボディだけ売っているぞ。これを一緒に買って行けばよいのではないか？』

「そうそう、そういう風に買うんだ」

流石に最初なので無茶《むちゃ》はしないのだが、完成品では味気ない。そこで組み立てキットの入門用セットを買う。このセットにはラジコンで遊ぶ為に必要なものが一通り入っているので、予備のバッテリーを買い足すぐらいでいい。仮に気に入った車種のセットがなくても、ボディだけを買い足せばいい。ボディは比較的《ひかくてき》安い改造パーツなので、そうしてもセットの分割安になる。今まさに最初の一歩を踏み出そうという埴輪達やアルゥナイアにはうってつけの商品だった。

『大きいブラザーはジープかホ？』

『アニメではウィリーが出来る反面、扱《あつか》いにくい局面があると言っていたホ！』

「扱い易《やす》かろうが悪かろうが、ロマンは捨てられん！」

孝太郎が選んだ車は、昔から変わらぬ人気の、大型ホイールのジープだった。この車は重心が後方寄りになっているので、フルスロットルで加速すると前輪が持ち上がって後輪だけで走る、いわゆるウィリー走行が出来る。楽しいギミックだが、これは前輪の接地圧が弱いという事をも意味している。その分だけコーナーリングには気を付ける必要があった。だが他の三人が完全な初心者なので、孝太郎はこれでいいと思っている。もちろん昔から憧《あこが》れていたマシンだから、という理由も大きかったのだが。

『正しい判断だ、青騎士《あおきし》よ』

『ティアちゃんもロマンは大事だといっていたホ』

『怪獣《かいじゅう》のおじさんはトラクターかホー。意外なところを攻《せ》めてきたホー』

『儂はこれを赤で塗る。………ここにある、ええと、ぷろみねんすれっど？　この塗料も買って欲しい』

『流石帝王《さすがていおう》、演出はバッチリだホー！』

アルゥナイアが選んだのは人気のご当地キャラクターとコラボした車だった。車種としてはトラクターになるのだが、それは見た目だけだ。マシン部分は他の四輪駆動車《くどうしゃ》と共通のものが使われているので、トラクターの見た目に反して軽快に走る事が出来る。そしてその運転席には熊が座《すわ》っている。だからボディを赤く塗れば、見栄《みば》えのする一台に仕上がる事だろう。

「カラマ、お前はファルコン用のブレイブウィングも買った方が良いんじゃないか？」

『そんなものもあるホ⁉』

「人気があるからな。パーツだけでも売ってるんだ」

『おいらはサンダーのラージホイールを買っていくホー！』

カラマとコラマはアニメの主人公を務める兄弟が使っているマシンを選んだ。現実にはこんな車はないだろうというダイナミックなデザインだが、そういうデザインでも楽しめるところもラジコンの良いところ。遠からず、アニメ同様に二台のマシンが並走《へいそう》する事になるだろう。

「ふむ………」

そんな孝太郎達の様子を眺《なが》めていたクランは、これまでの考えを改めつつあった。彼女はこれまでラジコンを子供の遊びだと捉《とら》えていたのだが、そうではないような気がし始めていた。

「………どうやら意外と奥《おく》が深いようですわね………」

改めて周囲に並んでいるキットやパーツ類を眺めてみると、思ったよりもやりがいのある趣味である事が分かってきた。多くのパーツを組み合わせて、自分だけのマシンを作り上げてレースに臨《のぞ》む。価格と規模こそ実物の自動車レースよりも小さくなるが、その分だけ競技人口は多い。頂点へ登《のぼ》り詰めるのは実物の自動車レースよりも難しいかもしれなかった。

「それに………」

クランはこの時、一人蚊帳《かや》の外だった。孝太郎達は先程《さきほど》からずっと楽しそうにあでもない、こうでもないと話を続けている。だがクランは別に参加する訳ではないので会話には加われていない。彼女はその事に多少の疎外感《そがいかん》を覚えていたのだ。

――――もしわたくしが参加すれば………マシンを作って、レースに出れば………。

確かにクランの視点では、ラジコンは技術的には初歩的なものの集まりなのかもしれない。しかしそれが彼女の得意分野であるのは間違いなく、その分野での楽しみの共有が可能になるだろう。それは単に研究を手伝って貰うのとは違う何かを、彼女にもたらしてくれるかもしれない。そんな思いが彼女の背中を押《お》した。

「ベルトリオン」

「どうした？」

「わたくしもラジコンをやってみる事にしますわ」

そんな訳で、クランもラジコンをやってみる事に決めた。初歩的であろうと、孝太郎達と技術的な話が出来る趣味というのは魅力的《みりょくてき》だった。

「珍しい事もあるもんだ――って、あー、違うな。考えてみたら、むしろ凄《すご》くお前らしい題材なんだな」

「そうですわ。要は狭《せま》いところに技術を押し込める戦いなのでしょう？」

「んー、まあ、そうだな。でも気を付けろよ、やり過ぎると逆効果なんてのはよくある話なんだ」

「誰《だれ》に仰《おっしゃ》っておりますの？　日常的にそんな事をやってきたわたくしですのよ？」

「釈迦《しゃか》に説法ってやつか。へっ、面白《おもしろ》くなってきた」

『歓迎《かんげい》するホー！』

『アニメ通りだ。思わぬ所から敵が現れたぞ。ふっふっふっふっ』

『そうだホー、クランちゃんは強敵だホー！』

クランの参加は一同に歓迎された。クランも女の子なので操縦テクニック等では多少劣《おと》るのかもしれないが、彼女にはそれを補って余りある技術力がある。彼女が強力なライバルになるのは明らか。後に控《ひか》える対決がより面白くなる事は疑いなかった。

クランの参加が決まったのは遅《おそ》かったので、最後は全員でクランの買い物に付き合う形になった。高い科学技術は持っていてもラジコンそのものの情報を持っていないクランなので、孝太郎達の助言はありがたいものだった。

「それでクラン、お前はどういう車種が好みなんだ？　実際の車を再現したものとか、ラジコンだからこその変わったデザインとか、色々あるぞ」

「基本的な性能には差はありませんの？」

「ああ、この辺に並んでいるのならどれでもレースには出られる。バッテリーとモーターが規格を満たしている事が主な条件なんだ」

孝太郎達は公式レースに出る訳ではないが、ルールはそれに準ずるようにするつもりでいる。それが埴輪達とアルゥナイアのたっての願い。彼らはアニメの登場人物と同じやり方を望んでいるのだった。

「わたくしが得意な分野を生かすには、改造パーツが一番多いモデルが理想ですわね」

「そう来たか。それならこっちのバギーのシリーズだな。ロングセラーで色んな車種が出た分だけ、パーツの共通化が早くてな。改造パーツも豊富なんだ」

少しばかり経験がある孝太郎の説明は分かり易かったのだが、その分だけクランの心にはある疑問が浮《う》かび上がっていた。

「………」

「どうした、変な顔して」

「いえ……いつもと違って、あなたがずっと意地悪を言わないものだから、不思議な事もあるものだと……」

クランには想定外の事だったのだが、普段ならしばしば意地悪を言う孝太郎が長時間にわたって真面目な顔をしているのが不思議だった。かといって戦いの直前という訳でもない。滅多《めった》にない出来事に、クランは驚《おどろ》いていた。

「この状況《じょうきょう》で意地悪を言うと俺達のレースに悪影響《あくえいきょう》が出るんだよ。それに初心者に嘘《うそ》を教えて足を引っ張るのは趣味が悪いだろう？　俺だってちゃんとＴＰＯは考えるんだ」

「そ、それもそうでしたわねっ。申し訳ありませんでしたわ」

クランが孝太郎と趣味を共有した事の良い影響が出始めていた。

――確かに、一緒に遊ぼうとしている相手には、意地悪をしても意味がありませんわね。考えてみると、わたくしはこれまでベルトリオンと一緒に何かをしようという意識が薄《うす》かったのかもしれませんわ……。

そしてこの事がクランに孝太郎の意地悪が多かった理由の一端《いったん》を教えてくれた。何かを一緒にやっていれば意地悪は出来ない。晴海《はるみ》には編み物を教わっているので失礼は出来ないし、ティアとは一緒にスポーツやゲームをやるので対等でいたい。クランと孝太郎の関係には一緒に目的を目指すという事が少なかったのだ。

――実際ベルトリオンは、研究を手伝って貰った時や、戦いの時なんかには意地悪は言わなかった……格闘技《かくとうぎ》の練習の時も……そうか、そういう事でしたのね！

やはり自分は内向きに縮こまっていたようだ――それに気付いたクランは、思い切ってラジコンを始めて良かったと改めて感じていた。

「んで、得意の改造はするのか？」

「いえ、最初は普通《ふつう》に組んでデータを取りますわ。改造はそれからですの」

『流石クランちゃんだホー！』

『ピットクルーのヤマさんみたいだホー！』

「……やばいなあ、お前本格的じゃないか」

「当然ですわ。これはレースですのよ？」

「やっぱり初心者だと侮《あなど》ったりは出来ないようだな」

『油断は大敵という事だ。これでもフォルトーゼを救った伝説の片棒を担《かつ》いだ者なのだからな。はっはっは、それでこそ、それでこそだ！』

　孝太郎だけでなく、埴輪達やアルゥナイアもクランをライバルだと認めていた。そしてだからこそ、インチキなしの正々堂々とした勝負がしたい。マシンの整備とドライビングテクニックだけで相手を打ち負かしたいのだ。結果的にクランは対等なライバルを沢山《たくさん》手に入れた事になる。それは彼女に、何時《いつ》になく張りのある毎日を提供してくれるに違いなかった。


　孝太郎の頭の上でぬいぐるみのような姿をしたアルゥナイアが踊《おど》っていた。また胸のあたりでは二体の埴輪が横になり、ペットボトルのように転がって行ったり来たりを繰《く》り返している。一度眠《ねむ》るとなかなか起きない孝太郎だが、この状態がしばらく続くと流石に目を覚ます。孝太郎は眠《ねむ》そうに瞬《まばた》きを繰り返しながら目を開いた。

『起きるホ、ブラザー！』

『もう朝だホー！』

「……………どうしたんだお前ら、こんな朝っぱらから」

起きたばかりの孝太郎には状況がよく理解できない。そんな孝太郎に答えをくれたのは頭から飛び降りて回りこんできたアルゥナイアだった。

『起きろ青騎士《あおきし》、ラジコンを作る約束だぞ』

「そうか、そういう約束でしたね。ふあああぁぁぁぁぁっ」

状況を理解した孝太郎は大欠伸《おおあくび》をしながら身体《からだ》を起こす。実は孝太郎は埴輪達やアルゥナイアと次の休みにラジコンを作ると約束していた。彼らはそれが楽しみ過ぎて早朝に目を覚まし、連れ立って孝太郎を起こしに来たのだった。

「ん？　お前もいたのか、クラン」

孝太郎が身体を起こすと、ちょうど真正面にクランの姿があった。

「お、おはよう、ベルトリオン」

「おはよう。お前もこいつらに叩《たた》き起こされたのか？」

「いえ………そういう訳ではなく………」

孝太郎はクランも自分と似たような経緯《けいい》なのだろうと思っていたのだが、彼女の様子はどこかおかしかった。歯切れが悪く、照れ臭《くさ》そうだった。

『おいら達が来た時にはクランちゃんはもういたホー』

『どうやって起こそうかそわそわしていたホー』

「……………お前もこいつらの同類だったか」

「そっ、そうですわっ、いけませんのっ⁉」

実は一番早起きだったのはクランだった。彼女もこの日が待ち切れず、起きた途端《とたん》に孝太郎のところへやってきていたのだ。やはりクランにとって、仲間と同じ趣味を楽しめるという事には大きな意味があった。

「いや、来てたならさっさと起こせ。やる事は多いんだから」

もちろん孝太郎には文句などない。孝太郎も楽しみだったし、ラジコンの製作には時間がかかるから早起きは大事だ。単に起きられなかったというだけで、気持ちはクラン達と同じなのだった。

「でもどうやって起こしたらいいやら」

「こういう時は殴《なぐ》っていい。許す」

「そ、そうでしたの？　分かりましたわ、次はそう致《いた》しますわね！」

そういった訳で、クランは無事に笑顔《えがお》を取り戻した。無論、笑顔は一つではない。笑顔は全部で五つあった。

ラジコンを作る上で一番時間がかかるのは、ボディの加工だった。だが実は作業そのものはそれほど時間はかからない。問題は副次的なものなのだった。

『大きいブラザー、何故ボディからやるホ?』

『中身を作るのが先じゃないかホ?』

「実は塗装《とそう》の乾燥《かんそう》に結構時間がかかるんだ」

「研究室の乾燥装置に入れても、二時間強は待つ事になりますわ」

『では先に塗ってから、マシン部分を作る訳だな?』

「ええ。マシン部分が完成する頃《ころ》には、乾燥しているんじゃないかと」

先にボディを作るのは、時間の有効活用の為だった。機械部分を先に作ってからボディを作ると、塗装の乾燥待ちで時間が無駄《むだ》になるのだ。ボディの種類によっては取り付け位置を決める為に機械部分の完成が必要であったりもするのだが、幸い孝太郎達が選んだ車種ではそういう事はなかった。

「今回はみんなプラスチック製のボディだから、最初はプライマーで下地処理かな。おっと、その前にやすりをかけた方が良いかな？」

「やすりは要《い》りませんわ。昨日のうちに軽くブラストしておきましたの」

「気が利《き》いてるな、クラン。ありがとう」

「いいえ。ふふふ………」

今日の作業はクランの『揺《ゆ》り籠《かご》』で行われる。その中にある作業室が、ラジコンの組み立て作業にはうってつけなのだ。作業室には十分な広さがあり、工具や塗装の道具が揃《そろ》っていた。

『山ちゃんの工房《こうぼう》よりすごいホー！』

『いろんなものがあるホー！』

『楽しみだ、以前から色を塗るあの道具には興味があった！』

事前にクランが色々と準備をしてくれていたので、一同はすぐに塗装作業に入る事が出来た。塗装はスプレーによって行うが、缶《かん》のスプレーではなく、エアブラシという本格的なものを使う。その方が仕上がりが良いのはもちろんなのだが、実は埴輪やアルゥナイアの為でもあった。

「塗装は名札が付いているブースでやって下さいまし」

『おいらここだホー！』

『クランちゃんありがとうだホー！』

『者共、早速《さっそく》始めるぞ！　エプロンを着けるのだ！』

『ホー！』

『ホホー！』

頭の中がラジコンでいっぱいの埴輪やアルゥナイア達は気付いていなかったが、クランは身体と手が小さい埴輪やアルゥナイアの為に、専用のエアブラシを作っていた。おかげで彼らの小さな手でも不自由なく塗装が出来る。それは明らかにラジコンを一台作る以上の手間がかかっている――孝太郎にも一目でそうだと分かる素晴《すば》らしい出来の道具だった。

「お前、良いところあるじゃないか」

「これくらい……別に……」

「気付かなかったよ。あいつら向けの工具って、確かに必要だよな。ありがとう」

ぽんぽん
埴輪達やアルゥナイアには通常よりずっと小さな工具が要る――孝太郎はクランがそこに気付いていてくれていた事に素直《すなお》に感心して礼を言うと、軽く彼女の頭を二度叩《たた》いてから

自分用の塗装ブースへ向かって行った。

「………ベルトリオン………これ………いつもとちがう………なんですの………？」

クランとしてはいつも通り普通にやっていただけなのだが、不思議と得られた結果はいつもとは違っていた。そして彼女はその事に大きく戸惑《とまど》う。だがそうなった事はとても嬉《うれ》しかったから、彼女は自分の頭に軽く触《ふ》れると、軽い足取りで自身の塗装ブースへ向かって行った。

初体験なので多少のトラブルはあったのだが、一時間余りが経過した頃には塗装が終《しゅう》了《りょう》した。色が違うところは別のパーツになるように作られていたので、初心者でも作業に迷う事はなかった。五人のボディはもう乾燥装置に入っているので、三時間後には完成している筈《はず》だった。

「よし、じゃあいよいよマシン部分を作るぞ」

『いよいよ本番だな！』

『でも初めてだから多少不安だホ』

『アニメだと作ってるところを全部は見せてくれなかったホー』

「それもそうか……うーむ……そうだ。クラン、お前が組み立ての手本を見せてやってくれないか？」

「わたくしが？」

「ああ。お前は綺麗《きれい》だからな」

クランの胸がどきりと高鳴る。お前は綺麗だから――それが組み立て手順の事なのは分かるのだが、自然と別の意味も想像してしまうのが女の子というものだった。

「……わかりましたわ。皆《みな》さんこちらへおいでになって下さいまし」

『ホー』

『ホホー』

『お手並み拝見というやつだな』

「クランの技術は確かですよ」

初心者ばかりなので、一度クランが組み立ての手本を見せる事になった。他の四人はクランの作業机を囲む。その視線がクランに集中した。

――おかしいですわ……わたくし、どうしてこんなにうかれて……。

たかだか機械を一つ組み立てるだけ。しかし今のクランはいつになく高揚していた。彼女がそうなる理由はきっと一つではないだろう。そして一つではないから、がらではないと思いながらも、笑顔がこぼれてしまうのを止められなかった。

「最初は、まずパーツが揃っているかどうかの確認《かくにん》ですわね。省略する方も多いのですけれど、とても大事な事ですの。リストと照らし合わせて、一つずつ確認してくださいまし」

『リストの読み込み開始だホー。データ転送だホー』

『画像診断《しんだん》開始だホー。受信データと比較《ひかく》、全パーツが揃っているホー！』

「……………お前らそれ便利だな」

『兄弟の力だホ』

『合体攻撃《こうげき》だホ』

「基本はプラモデルなんかと同じですわ。丁寧《ていねい》な説明書が付いていますから、書いてある通りに組み立てていきますの」

クランが最初に手に取ったのは全てのパーツを固定する土台となるシャーシ部分。そこへ説明書に従って順番にパーツを組《く》み込んでいった。その手つきに迷いはなく、ねじを回す動きは優美でさえあった。

「注意すべき点は、ステアリング系や駆動系《くどうけい》のパーツを組み込む時ですわね。電子制御《せいぎょ》のパーツがありますから、一度電源を入れて初期位置に戻《もど》してからシャーシに取り付けて下さいまし」

『なるほど、ここまで運ばれてくる間に向きが変わっているといけないからだな』

「ご名答ですわ、アルゥナイア殿《どの》。良いエンジニアになれますわ」

クランは説明を交えて作業を見せてやりながら、時折飛び出してくる質問に丁寧に答えてやっていた。クランの表情は終始明るく、声もいつになく朗《ほが》らかだった。

――こいつ……こんなに可愛《かわい》かったっけ……？

クランが手本を見せる間、孝太郎は何度か彼女の姿に見惚《みと》れている瞬間《しゅんかん》があった。明るく楽しげ、それでいてどこか無防備な。それはこれまで孝太郎が見た事がない、あるいは見ようとしなかった、クランの隠《かく》された部分だった。

「どうしましたの、ベルトリオン？」

「……お前が可愛いから見惚れてた」

「んもうっ、ベルトリオンッ、真面目にやって下さいまし！　あなたが手本を見せろと仰ったからやっていますのにっ！」

タイミングが悪かったので、クランは冗談《じょうだん》だと思ったのだが、それは孝太郎の紛《まぎ》れもない本音だった。クランはラジコンの仲間に加わった事で、少しばかり成長したのかもしれない――孝太郎はそんな風に感じていた。

一度クランから組み立ての手本を見せて貰うと、埴輪《はにわ》もアルゥナイアも不安は払拭《ふっしょく》されたようで、手際《てぎわ》よく自分のマシンを組み立てていった。もちろんこれにはクランが用意していた彼《かれ》ら用の工具の存在も大きかったのだが。

孝太郎達の初レースが行われたのはその一週間後の事だった。孝太郎達はその一週間を使って、マシンに思い思いの調整や改造を加えている。その為、レース前の検査に持ち込まれたマシンは一週間前のそれとはだいぶ雰囲気《ふんいき》が変わっていた。

「……………お前ら、ちょっと卑怯《ひきょう》過ぎないか？」

自身のジープと共に並んでいる他の四台のマシンを見て、孝太郎は呆《あき》れ気味《ぎみ》だった。その四台は孝太郎の予想を超《こ》えて、ダイナミックな改造が加えられていたのだ。

「主にお前に言ってるんだぞ、クラン」

「大人しいものじゃありませんの、このくらい」

クランのバギーに加えられた改造は、一見大人しいものだ。パーツに幾《いく》つも穴を開けて軽量化したり、動力用のギアを大量購入《こうにゅう》して真円に近いものを厳選したり、可動部分のグリスをフォルトーゼ製の最高級のものに取り換《か》えたりというものだ。だが一点、目立った改造がある。それは運転席の位置に取り付けられた球状のパーツだった。

「その玉だ、玉！」

「あなたカメラぐらい良いと言ったじゃありませんの。けち臭いですわね」

組み立ての時、孝太郎達《たち》はクランには多少のハンデがあるのでカメラを付ける程度のルール違反《いはん》は見逃《みのが》す事に決めた。その結果クランが作ってきたのが運転席の球体だった。この球体は彼女の技術が詰《つ》め込まれた、全方位を撮影《さつえい》出来るカメラユニットだ。その映像はコンピューター経由でクランの視界に投影《とうえい》されている。つまり彼女は運転席にいるつもりで操縦が出来るのだ。しかも正面以外の映像を解析《かいせき》してライバル車の位置は常に把握《はあく》されている。クランは確かにカメラの映像だけを使い、疑似的《ぎじてき》にだがVRプラスレーダーという操縦環境《かんきょう》を作り上げていたのだった。

「お前らもお前らだぞ!?」

『おいら達は違反の改造はないホー！』

『全部ルール通りだホー！』

「お前らラジコンに乗る気だろう!?」

『乗らないホー！』

『ちゃんと二ミリ上を飛ぶホー！』

埴輪《はにわ》達の改造もクランに負《ま》けず劣らずだった。彼らがやったのは、自分達の車両の屋根に座席を付ける事だった。そこから操縦すれば、ほぼラジコンに乗っているような状態になる。しかも実際の運転席よりもやや高い視点と広い視野を確保している。だが本当に乗ってしまうとルール違反なので、彼らは座席の二ミリ上を自力で飛ぶ。正確で素早《すばや》い空中浮遊《ふゆう》が可能な埴輪ならではのぎりぎりセーフのインチキだった。

「アルゥナイア殿もやり過ぎです！」

『儂《わし》のプロミネンスカイザーに何か文句があると？』

アルゥナイアの車両は一番美しい仕上がりになっている。車体はクランの組み立てを参考に丁寧に組み上げられ、ボディの塗装は燃えるような赤に金ラメフレーク仕上げ（協力：笠置《かさぎ》静香《しずか》）という、プロミネンスカイザーの名に恥《は》じない、まるでアニメから飛び出してきたかのような大迫力《だいはくりよく》マシンだった。

一つだけキットと違《ちが》っているのは、本来運転席に座っている筈のご当地キャラクターの熊が取り外されている事だ。そこには代わりに、普段《ふだん》のぬいぐるみ姿よりも更《さら》に小さい、数センチサイズのアルゥナイアが座っている。このミニアルゥナイアは魔力《まりよく》で作り出した分身で、視覚を始めとする感覚情報を本人と共有している。つまりクランよりも更に進んだＶＲシステムという事になるのだった。

「文句などありません。ありませんが……フフフフフッ、いいだろう、みんながそのつもりなら、俺にも考えがある！　手加減はなしだ！　ラジコンは操縦環境が全てではないと教えてやる!!」

ライバル達の本気ぶりを感じて、孝太郎の瞳《ひとみ》がギラリと輝《かがや》く。当初は最初のレースだから幾らか手を抜いてやった方が良いと思っていた孝太郎だが、この時にはもうその気はなくなっていた。全力で走り抜き、完全勝利する。情け無用の本気モードだった。

埴輪とアルゥナイアは他人に見られてしまうとまずいので、レースは会場の営業時間外に貸し切りで行われる。キリハの関係者に会場のオーナーがいたのが幸いした形だ。だから会場のスタンドにはキリハの姿があり、加えてその隣《となり》にはスポンサーのティアの姿もあった。ティアは皇家《こうけ》によるレース開催《かいさい》に興味があったようで、レース名を『ティアミリス杯《はい》』にする事を条件に支援《しえん》を申し出た。そんな訳でこのレースは『第一回ティアミリス杯ＲＣカーグランプリ』という名前になり、優勝賞品はすき焼き十人前になった。全ての車種がオフロードカーなので、コースはダートコースを使用。勝負は五周。単純に最速で五周回った者が勝者だった。

『ハッハッハッハァッ、ついにこの時が来たか！　燃え上がれカイザー！』

ゴォウッ

スタート位置に置かれているプロミネンスカイザーが赤い炎《ほのお》に包まれる。この炎はアルウナイアが余剰魔力《よじょうまりょく》を利用して作ったちょっとした幻影《げんえい》だが、おかげでまるでアニメのワンシーンのようだった。

『負けられないホー！　ファルコン、ブレーイブウィーング!!』

『サンダートルネード、フルバーストだホー！』

カッ

負けじとカラマのマッハファルコンが後部のウィングを大きく展開し、ボディに引かれたラインに沿って発光を始める。またコラマが操《あやつ》るサンダートルネードは後部のカバーを展開、内蔵されているクリスタル状のパーツを露出《ろしゅつ》させ、そこから雷光《らいこう》を発している。どちらも真希《まき》に発注して作って貰《もら》ったカスタム幻術《げんじゅつ》だった。

「………アニメもあながち嘘ばかりという訳ではありませんのねぇ」

「違うぞー、クラン！　あれは断じて普通じゃない！」

　スタートの時点で大人しくしていたのは、クランと孝太郎の二人だけ。だが大人しいのは車両の見た目だけだ。本人達はライバルたちの様子に闘志《とうし》をたぎらせつつ、スタートの時を待っていた。

「よーし、みんなそろそろいくよー！」

　スタート地点の横には旗を頭上に掲《かか》げ、妙《みょう》に楽しそうにしている早苗《さなえ》の姿があった。早苗は面白そうだとついてきて、スタートとゴールの旗振《はたふ》りを担当する事になった。彼女《かのじょ》の旗が振《ふ》り下ろされた時がスタート。その時は刻一刻と迫《せま》っていた。

「よーい……………」

　早苗の旗が頭上で静止する。するとその場に来ている者の視線が全てそこへ集中した。そしてそれを待っていたかのように、早苗は笑顔全開で思い切り旗を振り下ろした。

　バサッ

「ど～～～～～んっ!!」

　キュイイイイイイッ

　本物の自動車と比べると、ラジコンは加速性能が高い。投入された大電力によってモーターが高速回転し、五台のマシンは弾《はじ》かれたように走り出した。そして先を争うようにして最初のコーナーへ突《つ》っ込《こ》んでいく。

「くそっ、ここでやはりハンデが出たか！」

孝太郎はスタートの時点で僅《わず》かに出遅《でおく》れた。その理由はウィリー走行が可能という仕様の為《ため》だった。最初のコーナーがスタートからそう遠くない位置だった為に、前輪が浮いてしまうと走行ラインのコントロールが出来なくなる。加速を抑《おさ》えてステアリングが可能なようにする必要があったのだ。

『ハッハッハァッ！　なぁんぴとたりとも、儂の前は走らせぇんっ!!』

逆に先行したのはアルゥナイアだった。アルゥナイアはその卓越《たくえつ》した動物的勘《かん》で早苗の旗が振り下ろされるまさにその瞬間に走り出した。埴輪達もクランも流石《さすが》にこれには及《およ》ばず、その後を追う形になっていた。

『この程度の連続カーブ、儂には日常茶飯事《にちじょうさはんじ》！　もっとだ、もっと飛ばせカイザー！』

しかも火山帯の岩山を住処《すみか》としていたアルゥナイアにとっては、切り立った狭い渓谷《けいこく》を飛び回るのが日常だった。操縦そのものに対する不慣れはあっても、コースをどう走ればいいかという事に関しては全く迷いがない。赤いボディのトラクターは、素早くしかも滑《なめ》らかに、次々とカーブをクリアしていった。

『参ったホ！　やっぱり怪獣のおじさんは並のドライバーじゃないホ！』

『落ち着くホ！　一周目のデータをよく見るホ！　カーブで少しだけスピードが落ちてい

るホ！』

『そうか、カイザーは車高が高い分、カーブで外側に振られるんだホ！』

『カーブだホ！　おいら達のマシンはおじさんのラインの少し内側まで攻められる筈だホ！』

だがレースが二周目に入った辺りから埴輪達の巻き返しが始まった。一周目に収集したデータを元に走行ラインを修正、アルゥナイアとの差をじりじりと狭《せば》め始めた。

『儂のラインを使っている!?　やはり簡単には勝たせてくれぬか、激走兄弟!!』

野生で鍛《きた》え上げた走り方と、収集した情報を活用した走り方。上位争いは互《たが》いの得意分野を生かした高度な戦いに突入《とつにゅう》していく。一方、クランと孝太郎による下位の争いはそれとは少し違った様相を呈《てい》していた。

「お前、どえらいマシンを作ってきやがったな」

整地されていないオフロードのコースをクランのバギーは滑《すべ》るように駆《か》け抜《ぬ》けていく。それは地面はへこみやでっぱりが多いにもかかわらず、バギーは殆《ほとん》ど車体が揺れていない。それはクランがオイルダンパーにまでこだわっている証拠《しょうこ》だった。実際、そこまで手が回らなかった孝太郎のジープはコースに合わせて大きく上下に揺れていた。

「テクニックではかないませんもの。これぐらいは致しますわ」

もちろんクランのこだわりはダンパーに限らないのだが、やはり彼女も普通の女の子。特に無人制御が好きな彼女なので、自ら操縦する技術となるとＶＲシステムの助けがあっても孝太郎には及ばない。周回を重ねる度に、クランとその後を追う孝太郎の距離《きょり》は少しずつ詰まり始めていた。

「おおっと！」

孝太郎との会話に気を取られたせいで、クランはコーナーリングのタイミングを誤って走行ラインが外側へやや膨《ふく》らんでしまった。するとそのコーナーを滑《なめ》らかに抜けてきた孝太郎のジープがクランの背後につく。クランのリードは三周目で使い果たされてしまっていた。

「ようやく捕《つか》まえたぞ、クラン！」

「先には行かせませんわよ！」

距離がなくなると、お互いに走り方が変わる。隙《すき》あらば前に出たい孝太郎、その走行ラインをブロックしたいクラン。お互いの動きを想像しながら、その裏をかこうと必死に車体を左右に揺さぶる。孝太郎は当初、追い付きさえすれば、クランが相手ならすぐに抜けるだろうと考えていた。だが不思議とそうはならなかった。

「ええいっ、何故《なぜ》抜《ぬ》けないんだっ⁉」

「貴方《あなた》の事ならわたくしは誰よりもよく知っておりますもの。事前にシミュレーションくらい致しますわ」

「そこまでやるか！」

クランはお世辞抜きで、孝太郎の事を誰よりもよく知っている。彼女は孝太郎の戦闘《せんとう》データを豊富に持っているので、それを元にして組んだＡＩとシミュレーターで何度も対戦する事で孝太郎への対策はばっちりだった。

――ええい、もう四周目に入るぞ！　このままだと上位勢に追い付けなくなる！　仕方ない、もう手段は選んでいられん！

マシンの出来、孝太郎に絞《しぼ》った対策――そうした事から、孝太郎は短時間に正攻法《せいこうほう》でクランを抜くのは難しいと判断した。そこで孝太郎は思い切った手に出る事にした。

「クラン」

「忙《いそが》しいので手短に！」

「ちょっと太ったんだって？」

「だっ、誰がそんなデマを――」

がっしゃん

「――しまったぁぁぁあっ!?」

「ワハハハハハハッ、お先ー」

孝太郎の言葉に動揺《どうよう》したクランは操縦を誤り、コースの外壁《がいへき》に激突《げきとつ》。その隙に孝太郎はクランを抜き去っていく。孝太郎もまた、クランの事なら知り尽《つ》くしていた。

「あぁっ、ベルトリオォンッ、卑怯ですわよぉぉぉぉっ!!」

『がんばれメガネっ子！　孝太郎をやっつけろ！』

「そのつもりですわっ!!」

激突したクランのバギーは早苗が霊能力《れいのうりょく》でコースに戻してくれた。クランは壁《かべ》への激突で壊《こわ》れたVRシステムを切り離《はな》すと、スロットルを全開にして孝太郎を追う。

――――もう怒《おこ》ったっ！　一体誰の為に体重を維持《いじ》していると思っていますのっ!?

操縦は難しくなったが、マシンはVRシステムを切り離して少し軽くなった。諦《あきら》めるには早い。その瞳にはいつになく強い意志の力が漲《みなぎ》っていた。


埴輪達は四周目の半ばでアルゥナイアのプロミネンスカイザーに追い付いた。やはり走行中に行われるデータ解析は埴輪達に大きなアドバンテージを与《あた》えていた。しかし埴輪達はそこで手詰《てづ》まりになった。その理由はやはり、情報収集を参考に走っているという部分にあった。

『ハハハッ、流石のお前達でも儂との競《せ》り合いのデータは持っておるまい！　ここまでだ激走兄弟!!』

運転席に座《すわ》っている小さなアルゥナイアが牙《きば》を剥《む》き出しにして勝ち誇《ほこ》る。邪魔《じゃま》のない状態の走りなら、そのデータを取って改善して走ればいい。だが直接の戦いが始まってしまうと、埴輪達自身の動きがアルゥナイアの走りを変えてしまい、データ通りの動きにならなくなってしまう。それでも延々とバトルを繰り返せばいずれは予想できるようになるのだろうが、その前に五周が終了してしまうのは明らかだった。

『まだだホ！　おいら達兄弟には、姐《あね》さんが授《さず》けてくれたあの作戦があるホ！』

『そうだったホ！　早速やるホ！』

『来るか!?　激走兄弟ハニ&ホー！』

『行くホー!!』

『覚悟《かくご》するホー！』

『『必殺、一心同体同期走法！』』

アルゥナイアとの差を縮められない埴輪達は、ここで奥《おく》の手《て》を繰り出した。それは二体の埴輪の同期機能を使った連携《れんけい》走行だった。二体の埴輪には同期して演算をする機能がある。これを利用して一つの作戦を完璧《かんぺき》に共有する事が出来る。二人の動きはまさに一心同体、完璧な連携によって先行するアルゥナイアを追い抜かんと襲《おそ》い掛《か》かった。

『走りが変わった⁉　なんだこの有機的な動きは⁉』

『おいら達の絆《きずな》の力だホー！』

『おいら達は一心同体だホー！』

『そういう事か‼』

事情を察したアルゥナイアだったが、すぐには対策が思い付かない。二人が同時に仕掛《しか》けてきたかと思えば、片方がフェイントをかけてもう一方を先に行かせようとする。二人が完全に連携しているせいで攻撃のパターンが複雑になり、予測もしにくければ、攻撃そのものも防ぎ辛《づら》い。アルゥナイアは埴輪達を前に出さないだけで精一杯《せいいっぱい》だった。

『ええいっ、このままでは防ぎ切れん！　ならばこちらから攻《せ》めるまで！』

ガリガリガリガリッ

『ホー⁉』

『カラマー‼』

レースは五周目に入っていたが、このままではいずれ抜かれてしまう――――その危機に際し、アルゥナイアは大きな博打《ばくち》に出た。それはカラマのマッハファルコンへの体当たり攻撃。肉を切らせて骨を断《た》つ、リスク覚悟でカラマをコース外へ押《お》し出そうという作戦だった。

『どうしたどうしたぁっ!?』

ガリガリガリガリッ

『ホー、ホッホー、ホー!!』

『踏《ふ》ん張るホー！　ここを耐《た》えきればおいら達《たち》の勝利だホー！』

アルゥナイアはコーナーで仕掛けた。つまりカーブの遠心力プラス、プロミネンスカイザーの自重がマッハファルコンにかかっている事になる。それは一台のマシンには大き過ぎる負荷《ふか》だった。

ガシャアアッ

『ホォォオオオォォォォォォォッッ!?』

『ブラザーッ!!』

負荷に耐え切れず、カラマのマッハファルコンがコースの外へ飛び出していく。

『あとは任せたホー！』

幸いマッハファルコンが壊れたりはしなかったのだが、五周目の後半に差し掛かりつつあるこのタイミングではファルコンが追い付くのは不可能。残念ながらカラマはここでリタイアだった。

『仇《かたき》は取るホー！』

だが埴輪達に悪い事ばかりではなかった。アルゥナイアがカラマにかかりきりになっている間に、コラマのサンダートルネードが抜き去っていたのだ。

『だが一台になれればお前達の力は半減する！　お前一台で儂のカイザーを止められるか、サンダートルネード!!』

『かかってこいだホー、怪獣《かいじゅう》のおじさ――――』

そして二人のバトルが始まろうとした、その時だった。二人がいるコーナーの更に内側を孝太郎のジープが、少し遅《おく》れてクランのバギーが走り抜けていく。孝太郎とクランはアルゥナイアと埴輪達が戦っている内に追い付いて来ていたのだ。

『大きいブラザー!?』

『しまったぁぁぁぁっ!?』

ここぞというタイミングで追い抜かれたコラマとアルゥナイア。二人は慌《あわ》てて孝太郎とクランを追う。しかし先行する孝太郎達との差が縮まらないまま、四人は最終コーナーへと飛び込んでいった。

――ここで内に入るのは無理か!?

クランの先を行く孝太郎だったが、高速でカーブを曲がり切るには前輪のグリップ力不足は大きなハンデだった。最終コーナーはクランの内側に入りたかったのだが、それは出来そうにない状況《じょうきょう》だった。

「しめた！」

だが操作を誤ったのか、クランの走行ラインが僅かに外側へ膨らむ。進路にそれだけの余裕《よゆう》があれば、クランの内側を回ってコーナーを抜けられる筈――そう考えた孝太郎は自分の勝利を確信してそこへ突っ込んでいく。しかしその時だった。

ちゅっ

「へっ？」

がっしゃん

頬《ほお》に柔《やわ》らかな何かが押し当てられ、驚《おどろ》いた孝太郎は操作を誤った。ジープは内側に曲がり過ぎてクラッシュ、そのまま横転した。その隙にクランのバギーは悠々《ゆうゆう》とコーナーを曲がり切り、ゴールへ向かって疾走《しっそう》していく。それにコラマとアルゥナイアが続いたが、競り合ってしまったおかげでクランには追い付けなかった。

「ご～～～～～る!!　メガネっ子の勝ちぃぃぃぃぃっ!!」

結局、一位でチェッカーフラッグを受けたのはクランだった。二位はアルゥナイア、三位はコラマ。孝太郎とカラマはクラッシュでリタイアだった。

「おほほほほほっ、わたくしの勝ちですわねっ‼」

「お前、今――――」

「貴方と同じ手ですわよ。文句はありまして?」

「――――いや、べつに……そういう訳じゃ、ないんだが……」

孝太郎は狐《きつね》に抓《つま》まれたような顔でクランを見つめる。それに対するクランの顔は、色々な感情で彩《いろど》られた笑顔。いつかのように、その笑顔がとても可愛らしく見えてしまったから、孝太郎の口からは別段文句は出てこなかった。

こうしてレースはクランの勝利で終わったのだが、それで終わりに出来ない者が続出した。負けてしまった面々と、観戦していた三人だった。

『儂が二位だと⁉　万物《ばんぶつ》の帝王《ていおう》たるこの儂が⁉　納得《なっとく》がいかないぞ青騎士《あおきし》！　再戦を要求する！』

『作戦は悪くなかったホー！　課題は単独での戦闘力《せんとうりょく》だホー！』

『解決策は一つ！　練習あるのみだホー！　あと、姐さんに作戦を立てて貰うホ！』

アルゥナイアも埴輪達も、この敗戦には納得していなかった。練習を重ね、車両を改善し、次なるレースで雪辱《せつじょく》を果たそうと考えていた。

「実におもしろかった！　次はわらわも交ぜておくれ！　というか交ぜねば許さぬ！」

「あたしもやるー！　怪獣のおじちゃんみたいに可愛いの作る！」

「カラマ、コラマ、我と三人でチームを組むのはどうだろう？」

孝太郎達のレースを見ていたティアの闘争心《とうそうしん》に火が付いていた。早苗はただ楽しそうだと考えたらしい。キリハの場合、より状況を掻《か》き回す為に参加を決めた。思いはそれぞれだが、やる気は誰《だれ》も劣《おと》っていなかった。

『それが良いホー！』

『姐さんは合理的だホー』

『それなら儂は静香を連れてこよう』

「ああっ、お前ら汚《きたな》いぞ!?」

「………ベルトリオン、あなたどの口でそんな事を仰《おっしゃ》いますの？」

この苦い敗戦を切っ掛けに、彼らは次々と立ち塞《ふさ》がるライバル達と、数え切れない程《ほど》の死闘《しとう》を繰《く》り広《ひろ》げていく事になる。

激走兄弟ハニ&ホー。真竜族《しんりゅう》最速のドライバー、アルゥナイア。

彼らの戦いはまだ始まったばかりだった。

Episode2 真希とクリムゾンの普通の1日

レインボゥハートが真面目で頑固《がんこ》な正義の味方であった事は、ゆりかや早苗《さなえ》にとっては大きな不幸だった。いきなり課された学力到達度《とうたつど》試験は、二人にとって悪夢以外の何物でもないだろう。しかしレインボゥハートと同じぐらい真面目で頑固な正義の――かつては悪だったのだが――魔法《まほう》少女である真希にとっては別段不幸ではなかった。真希は普通に復習をするぐらいで、レインボゥハートが課した学力到達度試験には対応できる。仮に全くしなくても通過する可能性は十分にあるだろう。しかしそこで手を抜かないのが真面目で頑固の真骨頂。この日も真希は高校の図書室にいた。

「………やっぱり歴史は手薄《てうす》になりがちよね………」

この日の真希は日本の歴史を勉強していた。彼女が使っている机には教科書やノートに加えて数冊の歴史に関する書籍《しょせき》が並んでいる。試験は教科書の範囲《はんい》で行われるのだが、彼女は分かり難《にく》い部分は歴史の本で確認するようにしていた。そんな彼女の姿は、何冊か本を抱《かか》えて近付いてきた孝太郎《こうたろう》を感心させた。

「随分《ずいぶん》熱心だな、藍華《あいか》さん」

「……ホラ、私って日本生まれじゃないから、この方面はしっかりやっておく必要があるんです」

真希は孝太郎にだけ聞こえるように小声で囁《ささや》くと、同じくらい小さく笑った。真希はフォルサリア出身なので、日本の歴史は苦手だ。だからこうやって細かくやってようやく人並み。弱点をなくそうというのが真希の考え方だった。

「同じ魔法少女でも、あいつとはえらい違いだなぁ………うーむ………」

孝太郎は真希の隣の席に座ると、自らも本を開く。この日、孝太郎は真希と一緒《いっしょ》に図書室へやってきていた。その目的はもちろん勉強なのだが、実は孝太郎にはもう一つ別の目的があった。それはゆりかと早苗の為に、教材を見付ける事だった。

「ゆりかは自分の欠点から全力で目を逸《そ》らすからなあ。藍華さんを見習ってほしいぞ」

孝太郎はぼやきながら持ってきた本のページをめくっていく。この時孝太郎が読んでいたのは『漫画《まんが》で解説！　日本の歴史』という本だった。字だけの本はすぐに飽《あ》きて投げ出してしまうゆりかと早苗の為に、見付けてきたものだった。

「私はゆりかが羨《うらや》ましいです」

「羨む必要なんてないだろ」

「里見《さとみ》君はいつもゆりかの事を考えていますから」

「………良い意味では考えてないぞ？」

「それでも、です」

このところ、真希は優等生的である事が自分の欠点なのかもしれないと感じるようになっていた。そのせいで他人の記憶《きおく》に残りにくいのだ。反対にゆりかや早苗は不得意な事が多いせいで、他人の記憶に残りやすい。実際、今もこうして孝太郎はゆりかや早苗の世話を焼いていた。

「………」

真希の言葉を聞いた孝太郎は、手を休めて何事かを考え込《かんが》んだ。やがてちらりと真希の額に目をやると、孝太郎は彼女に右手を伸《の》ばす。そして孝太郎は机の下で真希の左手をそっと握《にぎ》った。

「！」

真希は最初、その事に少なからず驚いた。だが幾らもしないうちに目を細め、嬉《うれ》しそうに手を握り返した。

「………里見君、これだと勉強し辛いです」

「そう思うなら放していいぞ」

「絶対にイヤです」

真希は笑顔《えがお》のまま小さく舌を出すと、お互いの指同士を絡《から》み合わせてしっかりと手を握り合わせる。孝太郎は右手、真希は左手。二人の手は一本ずつが封《ふう》じられた形になり、勉強の効率は酷《ひど》く悪くなってしまっていた。しかし真希は上機嫌《じょうきげん》だった。

「真希、あんた今の自分の顔を鏡で見た方が良いわよ」

「クッ、クリムゾンッ!?」

しかし真希が上機嫌だったのは、机の反対側の角辺りに乗っている旧友の顔を見付けた時までだった。


クリムゾンの顔を見付けた途端《とたん》、真希は大慌《おおあわ》てで孝太郎の手を放した。真希は自分が孝太郎を好きである事を否定するつもりはなかったが、それは二人きりの時に示すものであって誰かに見せる事には抵抗《ていこう》があった。

「……フォルトーゼ以来かしらね、クリムゾン」

「急にキリッとしても、もう遅《おそ》いわよ」

「んもぉ〜〜〜」

楽しそうにしながら真希を見つめるクリムゾン。対する真希は顔を赤らめ、居心地《いごこち》が悪そうにしている。大きく動揺しているのは明らか。酷く真面目な真希なので、この状況は悪夢だった。

――どうしたものか……。

孝太郎は真希のように動揺したりはしていなかったのだが、余計な事を言って彼女を困らせるのは本望《ほんもう》ではない。とりあえずは成り行きを見守る事にした。

「とっ、ところでクリムゾン、どうしてここへっ？」

真希は裏返り気味の声で事情を尋《たず》ねる。クリムゾンがどうしてここにいるのかは確かに疑問ではあったが、話を変えたい一心だった。

「あんたの面白《おもしろ》い姿を見に」

「ちょ、ちょっと、クリムゾンッ⁉」

「冗談よ。落ち着いて」

クリムゾンは苦笑《くしょう》して真希を宥《なだ》める。元々恋愛《れんあい》には興味が薄《うす》いクリムゾンなので、真希をからかう以上の意味はない。何度か真希を困らせて楽しんだので、クリムゾンは素直《すなお》に質問に答えた。

「実は、急に暇《ひま》になったんであんたの顔を見に来たのよ」

「暇になった？　というより、なんで地球に居るの？」

クリムゾンは、というよりフォルトーゼに行ったダークネスレインボゥ達はその特殊性《とくしゅせい》を活《い》かし、フォルトーゼとフォルサリアの仲立ちをする役目を引き受けた。その仕事で彼女らはまだフォルトーゼで忙しくしている筈《はず》なのだった。

「それはね――――」

クリムゾンは図書室の机に寄り掛かるようにして事情を話し始めた。

「――――地球に用事があったのはパープルなのよ。あと、助手のグリーン」

「何かの交渉事《こうしょう》？」

「あたり。あの二人はナナと一緒に、フォルトーゼからのメッセージをレインボゥハートに届けに行ったの」

「そっか、早くも移民問題の調整が始まったのね」

「そうそう、やっぱり恋《こい》はしてても冴《さ》えてるわね、あんた」

「お願い、もう勘弁《かんべん》して頂戴《ちょうだい》クリムゾン」

「はいはい。ふふふ」

フォルトーゼはフォルサリア魔法王国と大地の民の移住希望者を受け入れる為に、早々に手を打った。そのフォルサリアへの第一手が親書だった。クリムゾン達はその親書を持って、ティア達と一緒に地球へ戻《もど》ってきた。そしてナナとパープルが親書をフォルサリアに持ち帰り、フォルトーゼの状況や今後の事を伝えると共に、交渉の窓口となる。情報の管理が得意なグリーンはその手伝いが役目だった。

「で、あなたは何の役目なの？」

「護衛」

「なのに、こんな場所に居ていいの？」

「いいのよ。パープル達がフォルサリアに入ったところから暇になったの」

クリムゾンの仕事はナナ達の護衛だったのだが、フォルサリアにはもちろん正規軍のレインボゥハートがいる。おかげでクリムゾンの仕事はあっけなく終わってしまった。その先はフォルサリアが今後の事を決めるまで何もせずに待つ事になる。しかも交渉担当ではない彼女は一人で待たされる事になった。だから時間を持て余したクリムゾンは真希に会いにやってきたのだった。

「それであんたがいるのを思い出して」

「会いに来てくれたと。あら、よく見たら凄《すご》い恰好《かっこう》をしているのね、あなた」

クリムゾンが事情を話すうちに余裕を取り戻した真希。おかげでようやくクリムゾンの姿に意識が回るようになった。この時、クリムゾンは彼女にしては奇妙《きみょう》な姿をしていた。吉祥春風《きっしょうはるかぜ》高校の女子生徒用の制服を身に着けていたのだ。

「……似合ってないって言うんだろ。笑っていいぞ」

「あはははははは！」

「笑うな！」

「ふふ、ちゃんと分かってるわ。騒《さわ》ぎを起こさないように気を遣《つか》ってくれたのよね？」

「分かってるくせに意地悪をして……あんた感じ悪いわよ」

「このところ、そうなるように練習しているの」

「……また不思議な事を始めたわねぇ、あんた」

日頃《ひごろ》はゆりかや早苗とは別の意味で考えなしのクリムゾンだが、流石の彼女も普段着《ふだんぎ》のまま高校へ遊びに行くと大問題になって真希の気分を害する事は理解していた。そこできちんと着替《きか》えて会いに来た。だから似合っていないとは思いつつも、真希は必要以上にその事を話題にはしなかった。

「でも私も暇って訳じゃないわよ？」

「あー、その男とアレコレする予定？」

「違《ちが》うわよ！　試験があるのよ！」

孝太郎は普段あまり見られない真希の姿が次々飛び出してくるのを興味深い気持ちで見守っていた。相手が古い馴染《なじ》みだからこその姿なのだろう、孝太郎はそんな風に感じていた。しかしそんな事がしばらく続いた後で、孝太郎はある事に気が付いて席を立った。

「さてと、俺《おれ》はまたちょっと教材を探しに行ってくるよ」

「ああ、うん、行ってらっしゃい、里見君」

自分が居ない方が、二人ともう少し自由に話せるんじゃないだろうか。なかなか会えない友人同士。しかも命の獲《と》り合《あ》いを覚悟した事さえある相手。きっと二人だけで話したい事は山のようにある筈だ――――それに気付いた孝太郎は、しばらく二人だけにしてあげる事にした。幸いやるべき事はある。ここにただ座っていて二人の邪魔をするよりは、それをする方がずっと有意義に違いなかった。

孝太郎が書架《しょか》へ消えていくのを見送った真希とクリムゾン。そのおかげか二人の話題は孝太郎のものへ移っていた。

「さっき来た時にさ、あの男と仲良くしているあんたを見て……本気で驚いたわ」

「またその話？　そろそろ許してクリムゾン」

真希は顔を赤らめて困惑《こんわく》する。この話をしていると居心地が悪い。真希としては早々に終わらせたい話題だった。

「茶化《ちゃか》そうとか、笑おうとかじゃないのよ。真面目にそう思ったの」

「クリムゾン……」

しかしクリムゾンの表情が大真面目だったから、真希は幾《いく》らか落ち着きを取り戻し、話を聞く気になった。

「あんたのあの顔は流石に面喰《めんくら》ったわ」

「そんなに酷い顔してた？」

そして真希は気付く。先程《さきほど》は孝太郎がいたから茶化したのかもしれない、と。だから真希はここで小さく微笑《ほほえ》む。するとクリムゾンも同じように微笑んだ。

「あんなに無邪気《むじゃき》で無防備なあんたは記憶にないもの」

クリムゾンの記憶の中にいる真希は、常に何かに苛立《いらだ》っていた。正しい事を求めて得られない現実に腹を立てていたのだ。だから言動は刺々《とげとげ》しく、攻撃的《こうげきてき》だった。しかし求めているものが公正さであったから、心の中心には一本筋が通っていた。だからクリムゾンは真希を気に入っていた。真希はクリムゾンにも分かり易《やす》い心根の人物だったのだ。

にもかかわらず、孝太郎と一緒にいる時の真希にはその印象はなくなっていた。むしろ現実の不均衡《ふきんこう》さを許そうとするかのような雰囲気《ふんいき》があった。

「でも、おかげで良く分かった。あんたの望みは、いつもああいう顔をしている事なんだなって。……あたしには出来そうにないわ」

クリムゾンは眉《まゆ》を寄せて苦笑した。真希はかつて、クリムゾンの願いに応《こた》えて本気で戦ってくれた。だが今になってクリムゾンは思うのだ。果たして自分はそれに見合うだけの事が出来たのだろうかと。それはノーだと彼女は思っている。出来の悪い友達でいるのが精一杯だった。

「そうかしら。グリーンを助けに行った今のあなた達になら、出来ると思うけれど」

しかし真希はそんな事はないと思っていた。現にクリムゾンはこうして真希に会いに来てくれている。またここしばらくの間でクリムゾン達の心に変化が生じていた。それらはかつてのダークネスレインボゥとは明らかに一線を画するものだった。

「アレは忘れて。一時の気の迷いよ」

今度はクリムゾンが顔を赤らめる番だった。目的の為には手段を選ばない、悪の魔法使《まほうつか》いであった筈のダークネスレインボゥ。にもかかわらず何の得にもならないのに、仲間を助けに行った。今になって冷静に考え直してみると、自分達の立ち位置を突き崩《くず》すかのような、あり得ない行動だった。クリムゾンが恥《は》ずかしくなるのも当たり前だろう。

「良い事を教えてあげましょうか、クリムゾン」

「何よ？」

先程とは逆に、恥ずかしそうにしているクリムゾンを見て真希が楽しそうに笑う。そして両手を組んでそこに顎《あご》を乗せ、からかうような口調で続けた。

「私もね、里見君と初めて出逢《であ》った頃《ころ》……自分の変化を気の迷いだって感じていたの。すぐに元に戻るから大丈夫《だいじょうぶ》だって自分に言い聞かせて……それが誤魔化《ごまか》しだと自分でも薄々《うすうす》分かっていたのにね？」

かつて真希は自分が孝太郎の事を好きになりつつあるという事を、強引《ごういん》に気の迷いだと考えて目を背《そむ》けようとした。そして孝太郎と会える日を心待ちにしている自分を、任務だから仕方なくやっていると誤魔化した。

だから真希には今のクリムゾンがかつての自分とよく似ているように思えた。心の中に芽生えた新たな感情から目を背け、気の迷いだと誤魔化そうとしている。クリムゾン達が踏み込《こ》みつつある道は、かつての真希が通った道だった。

「絶対に気の迷いよ。それに……なんだっけ？」

「戦略的にも必要だった？」

「そう、それよ」

「ふふふ、今はそういう事にしておきましょうか」

だが真希はその道程が長い事を良く知っている。真希の場合はシグナルティンの手助けがあってなお、数ヶ月の時間を要した。それがない彼女達《かのじょたち》は、もうしばらくかかるのかもしれない。だから今、変に突《つ》っついて、その兆《きざ》しを潰《つぶ》してしまわないように、真希はそこで一旦《いったん》話を終えた。


二人はそれからしばらくとりとめのない話をした。それは互いの近況《きんきょう》報告が主で、フォルトーゼは人使いが荒《あら》いだの、フォルサリアは頭が固いだの、内容の特殊性に目を瞑《つぶ》れば女の子同士の楽しげなやり取りだった。

「テストなんて魔法で何とかすれば良いじゃない。出来るヤツの心を読んでもいいし、記《き》憶力《おくりょく》を上げてもいいし」

「私はそういうのは嫌《きら》いなのよ」

「そういえば昔からあんたはそうだったわね。真面目で融通《ゆうずう》が利《き》かない」

「戦う以外に選択肢《せんたくし》がないあなたに言われると何だかショックだわ」

真希とクリムゾン、どちらも世界の闇《やみ》を生きる悪の魔法少女として生きてきた。しかし今は二人とも日当たりのいい図書室でのんびりとした時間を過ごしている。不思議な運命の巡《めぐ》り合《あ》わせだった。

「失敬な。あたしだって戦わない時はあるわ！」

「ええっ、嘘《うそ》っ⁉」

「……あんた、こっちに染まって大分性格が変わったわね？」

「ふふ、そうかもしれないわ。でも言われてみれば確かに、結局私達とは戦わなかったものね？」

思い切り戦った果てに、次に会った時は手を抜《ぬ》かないと決別した筈の二人。なのに事態は思わぬ方向へ進み、結局再戦は実現しなかった。確かにクリムゾンの言う通り、戦わない事もあったのだ。

「あんた達と戦わずに済んだのは良かったのよ。多分、色々とね」

「色々って……考えるのがめんどくさくなったわね？」

「うるさい。でも戦い足りないという根本的な欲求が残って」

「欲求不満を満たそうとパープル達の護衛に来てみましたが、別段敵も出ず？」

「そうなのよ、平和そのものだったわー」

「それで暇つぶしで私に会いに来たと」

「そう。だから真希、あたしを暗殺しようとしてくれない？」

戦わずに済んだのは良い事だ、クリムゾンは本当にそう思っている。考え事が苦手で深く考えない彼女《かのじょ》だからこそ、そう思う事も出来たのだ。そしてその性質が、戦いの中にあっても真希とクリムゾンの関係を壊さずに維持してきた。それはクリムゾンの美点の一つかもしれない。しかしそれでも彼女の好戦的な気質が消えた訳ではない。それは満たされないまま今もなお燻《くすぶ》っている。それで暗殺——つまり本気で攻撃《こうげき》してくれなどという発想が出てくる。

「嫌《いや》よ、それで私に何の得があるの？」

無論、真希は賛同しない。ダークネスレインボゥ最強の攻撃力を誇るクリムゾンを相手に戦うメリットは皆無《かいむ》だ。以前のようにどうしても戦う必要がある訳ではないし、決別の為《ため》に本気で戦った時とも違うのだ。

「そこを何とか」

「……相変わらず、変わった人ねぇ……」

「それで友達を一人なくしました」

「大丈夫よ、私はまだ友達だから」

　真希とクリムゾンが最後に戦ったあの日、二人はその日を最後に友達である事を止《や》める覚悟だった。しかし奇妙な運命の導きが、二人を争いから遠ざけた。結果的に二人はまだ友達で、しかもどちらも元気に生きている。真希はそれを、とても幸せな事だと思っている。そしてクリムゾンも同じように思っていてくれたらと願っていた。


　孝太郎はしばらくの間、幾つかの書架を行ったり来たりしていた。そこで見つけた幾つかの教材を抱えて一旦真希のところへ戻ろうかと思ったのだが、書架を出たあたりで足を止めた。

『それで友達を一人なくしました』

『大丈夫よ、私はまだ友達だから』

　真希とクリムゾンは楽しそうにお喋《しゃべ》りをしていた。図書室という事もあって二人の声は小さく、孝太郎の所までは届いていない。しかし二人の表情が生き生きとしているのははっきりと分かる。そこで孝太郎は再び二人に背を向け、一人用の自習机に向かった。教材の確認《かくにん》だけならそこで十分だった。

「ふぅん………」

孝太郎は邪魔にならないようにさりげなく去ったつもりだったのだが、鍛《きた》え上げられた戦士であるクリムゾンは孝太郎に気付いていた。また彼女が気付いた事で、真希も孝太郎に気付く。そのまま二人は黙《だま》って孝太郎を見送った。やがて孝太郎の姿が見えなくなると、クリムゾンは笑いながら真希に問いかけた。

「……あの男、ただの最強戦士って訳でもないのね。真希、ああいう隠《かく》れた繊細《せんさい》さに惚《ほ》れたの？」

「そうなるかしら。そして反対に、あの人は本当の私を見付けてくれたの」

「はいはい、御馳走様《ごちそうさま》」

クリムゾンはからかうつもりだったのだが、真希は真顔で答えてしまった。真希にとって一番大切な事だったから、恥ずかしいどころか誇らしい話だった。訊《き》いた方のクリムゾンが恥ずかしくなるくらい、本気の惚気《のろけ》話だった。

「ところで、クリムゾンの理想の男性って訊いてみたいわ」

幸いな事に話題はクリムゾンの方へ向く。多少やり辛い話ではあるが、真希の本気惚気話よりは恥ずかしくはない。クリムゾンはその質問に答える事にした。

「ただただ最強」

「それを倒《たお》したいんだ？」

「そう」

「でも倒したらまずいんじゃない？」

「倒せたら最強じゃなかったって事だからいいのよ。んで、倒せなかったらその男の子供を産んで、その男以上の最強に育てる」

「……そこに愛情があるようには聞こえないんだけど……」

クリムゾンの答えは独自色が強過ぎた。パートナー選びさえも力が全て。シンプルで分かり易い反面、真希には共感し辛い考え方だった。

「愛って正直よく分からないのよ」

クリムゾンは恋愛の経験がなく、強さだけを追い求める人生を送ってきた。男を追うぐらいなら力を得たい。ここでもやはり強さ至上主義がクリムゾンの恋愛観《れんあいかん》をおかしくしてしまっていた。

「仕方のない人ねえ……あっ、そうだ、暇なら里見君に貴方《あなた》と戦ってあげてくれってお願いしてあげましょうか？」

「是非《ぜひ》お願い！　愛してるわ、真希！」

「……愛はよく分からないんじゃなかった？」

だが分からないなら分からないなりに、真希はクリムゾンの退屈《たいくつ》しのぎの手伝いをしてやりたいと思う。真希がそう思うのは、やはりクリムゾンが友達だからなのだろう。


普段《ふだん》は全く我儘《わがまま》を言わない真希なので、孝太郎は内容を聞く前の段階で彼女のお願いを聞き入れた。それに命の取り合いではないのなら、孝太郎も格闘技《かくとうぎ》や戦闘《せんとう》は好きだ。だから詳《くわ》しい事情を聞いても孝太郎は判断を変えず、むしろやる気になった。こうして孝太郎とクリムゾンは模擬《もぎ》戦を行う事になったのだった。

「サンクチュアリ・モディファー・エフェクティブエリア・コロッサル！」

真希は杖《つえ》を構えて朗々と呪文《じゅもん》を詠唱《えいしょう》する。すると杖から溢《あふ》れ出した黄色い光が周囲に広がっていった。この光――――魔法は他人を遠ざけ、音や光、電波を遮断《しゃだん》する効果がある。ここは吉祥春風《きっしょうはるかぜ》高校の近くにある森の中の広場なので、この魔法がなくても人目につく心配は殆《ほとん》どない。しかし真面目な真希は念には念をと、この魔法を使った。これで万が一の心配もなくなっていた。

「それで、模擬戦のルールはどうするんだ？」

孝太郎はどこか楽しそうにクリムゾンに話しかける。孝太郎にとっても思い切り戦える相手は大歓迎《だいかんげい》なのだ。しかも憎《にく》み合う相手ではないというのは特に貴重だった。

「死ななければ何でもあり♡」

クリムゾンは孝太郎以上に楽しそうだった。その瞳《ひとみ》を期待で強く輝《かがや》かせている。その瞳を見た孝太郎は、ある人物の事を思い出した。その様子は身長の差こそあれ、ティアとそっくりだった。

「ん？　何かおかしかった？」

クリムゾンは孝太郎の口元に浮《う》かんだ笑《え》みに気付いて首を傾《かし》げる。孝太郎は素直に答えようとしたが、すぐに思い直した。ティアにしろクリムゾンにしろ、一緒にするなと言いそうに思えたからだった。

「いや。お前は本当に戦うのが好きなんだなって思っただけだ」

「そうよ、力が全てなのよ」

力が全て――――そう言うクリムゾンはやはりティアとよく似ている。だから孝太郎は思う。クリムゾンの心の奥《おく》にも、ティアと同じように別の心が隠れているかもしれないと。何故《なぜ》なら彼女は真希に会いに来たのだから。

「それはそうと、そのルールだとご期待には添《そ》えないかもしれないぞ」

「ええっ、どうして!?」

「お前も良く知ってるだろ。俺は単独ではそれほど強くはない。どう考えても、藍華さんの方が強いぞ」

殆どルール無しで戦う場合、実は孝太郎の戦闘能力は低い方の部類に入る。孝太郎が得意なのは剣《けん》の扱《あつか》いくらいで、総合的な戦闘能力で言うと侵略者の少女達には及《およ》ばない。サグラティンやシグナルティン、早苗が提供している霊能力《れいのうりょく》などの借り物を除くと、能力が頭脳に偏《かたよ》っているキリハになら勝てるだろう、というくらいのものだった。

「情けない事を堂々と認めたわね」

「俺は出来ない事は出来ないと言う主義だ」

「その辺は真希と一緒ね。ふふふっ、真希、結局同類を選んだのね？」

「でも里見君は嘘つきよ？」

「どうせあんたに必要な嘘だけでしょ？」

「……そうだったかも。あとは照れ隠しとか」

「真顔で惚気るのはやめて欲《ほ》しいわ、まったく………」

「ごめんなさい、ふふふ………」

「それでどうするんだ？」

「そうだったそうだった。………そうねぇ、だからと言って例の虹色《にじいろ》の剣を持ち出されると勝負どころではなくなるわね………」

　クリムゾンは考え込む。孝太郎が孝太郎の力だけで全力で戦うと明らかに楽しめない。だからといって本当の意味で何でもありにすると、今度は孝太郎が強くなり過ぎてしまって勝負にならなくなる。もう少し適切なバランスの管理が必要だった。

「だったらクリムゾン、こうしたらどうかしら。里見君はサグラティン――金色の剣だけにする。そして私が適切に魔法で援護《えんご》する」

　解決策を示したのは真希だった。真希が魔法をかけながら、孝太郎だけが戦う。直接攻撃する魔法をなるべく避《さ》け、孝太郎を強化する魔法を中心にすればクリムゾンの求める強さが得られるだろう――それが真希の考えだった。

「それよ！　流石《さすが》真希！　互角《ごかく》になるように魔法をかけ続けなさい！」

　真希の申し出にクリムゾンが目を輝かせ、顔をくっつけるような勢いで真希を褒《ほ》める。良い戦いが出来そうな予感に、クリムゾンは胸を躍《おど》らせていた。

「はいはい、ちゃーんとわかっていますよ」

真希はそんなクリムゾンに向かって楽しげに微笑みかける。そんな二人のやりとりを見ていた孝太郎は改めて思った。この二人が友達のままで居られて、本当に良かったと。


孝太郎の剣の切っ先がクリムゾンへ向けられている。今のサグラティンは紋章《もんしょう》を介《かい》して真希の制御《せいぎょ》下にあるので、彼女が傷付けたくないものはダメージを受けない。これはマクスファーンが振《ふ》るったシグナルティンが孝太郎を傷付けなかったのと同じ仕組みだ。だから孝太郎は全力でクリムゾンを攻撃出来る。スポンジ製のおもちゃの剣で殴《なぐ》るのと同じくらい安全な武器だった。

「やる気満々ね、里見孝太郎」

「俺もこういうのは嫌いじゃないんでね。そういうお前も気合入ってるじゃないか」

「最近平和過ぎて退屈していたのよ」

クリムゾンも孝太郎と同じく愛用の杖を孝太郎に向けている。彼女はこの杖を斧《おの》へ変化させて接近戦を行ったり、距離《きょり》を取ったまま爆炎《ばくえん》の魔法で攻撃するのを好む。両極端《りょうきょくたん》、派手好みの戦術。これもまたティアとよく似た考え方だろう。彼女が使う魔法は一撃《いちげき》必殺のものばかりだが、今回は孝太郎が怪我《けが》をしないようにリミッターがかけられている。おかげで真希の防御魔法《ぼうぎょまほう》で十分に防ぎ切れる威力《いりょく》になっていた。

「とりあえず、剣がまともに当たったらあたしの負けって事で」

「俺の方はどうする？」

「同じで良いんじゃない？　何かの攻撃がまともに当たったら終わり」

「分かり易くていい、それにしよう」

戦いの決着は有効打を当てる事に決まった。これは掠《かす》ったり腰《こし》が入っていない攻撃では駄目《だめ》という事で、あくまでまともに戦っていたら死んでるなという、しっかりとした一撃が必要となる。剣道《けんどう》の一本に近い考え方だった。

「ダブルキャスト・ヘイスト・アンド・ライトニンググリフレックス」

「いきなり来たわね、真希。スピード勝負？」

「ええ。あなたのインフェルノファイア、有効範囲が広過ぎるもの」

「これは負けていられないわね。………ダブルキャスト・ヘイスト・アンド・ライトニングリフレックス」

孝太郎とクリムゾンの身体《からだ》がオレンジ色と藍色《あいいろ》の光に包まれる。それらは神経の情報伝達速度を引き上げる魔法と、身体を動かすスピードを引き上げる魔法だ。これにより動き出しが早くなり、動きそのものも速くなる。おかげで今の二人は、野生の猛獣《もうじゅう》のそれに匹《ひっ》敵《てき》する身のこなしが可能となっていた。

「そろそろ始めるとするか」

「呪文の発動をじっと見てないで、攻撃してくれれば良かったのに」

「俺は打ち寄せる波が一番高くなる日を待つサーファーと同じタイプだ」

「あら奇《き》遇《ぐう》ね。あたしもよ」

戦いは既《すで》に始まっていた。軽口を叩《たた》き合いながら、二人ともその鋭《するど》い視線で相手の弱点を探《さぐ》っている。お互《たが》いに一撃必殺なので、僅《わず》かでも隙《すき》を見付けられれば、大きなアドバンテージとなるのだ。

「こりゃあ……カッコつけてないで、攻撃しておけばよかったか」

孝太郎の額に汗《あせ》が滲《にじ》む。孝太郎は霊波《れいは》を見ているから、クリムゾンの隙のなさがよく分かった。またかつてはあった精神的な不安定さもなくなっている。今のクリムゾンはかつての彼女とは明らかに違う。孝太郎の勘《かん》では格段に強くなっている筈だ。おかげで一気に距離を詰《つ》める事が出来なかった。

「そうやって誘《さそ》い込もうっての？　甘《あま》い甘い」

だがクリムゾンの方も攻《せ》めあぐねていた。クリムゾンも孝太郎の変化を感じ取っていたのだ。

――流石に何度も強敵を打ち倒してきただけの事はあるわね……攻め難そうにして

いるけれど、焦《あせ》ったりはしていない……度胸は間《ま》違《ちが》いなく剣《けん》豪《ごう》クラスだわね……。

孝太郎は若く、まだ技術には向上の余地がある。だが数々の戦いを経て、多くの経験を積んで来ている。その経験の部分だけで見れば、孝太郎は間違いなく剣豪にも負けないぐらいの水準にあった。おかげでクリムゾンの方も動き出せずにいる。そのまま膠《こう》着《ちゃく》状態が続くかに思われた。

「ねぇ、里見君――」

だが真希がそうはさせなかった。実は反応速度と身体の速度が互角では、クリムゾンのインフェルノファイアの効果範囲の広さの分だけ孝太郎が不利なのだ。そこで真希はその不利を補う一手として、孝太郎の後方から大きな声でこう言った。

「――私が里見君を勝たせたら、ご褒《ほう》美《び》にキスして貰《もら》っても良いですか？」

「キ、キスゥッ!?」

「藍華さんいきなり何を――」

真希の言葉に反応して、クリムゾンと孝太郎は同時に集中を乱した。お互いが待っていた隙が、目の前に現れていた。

「――ってそういう事かぁぁっ!!」

いち早く真希の意図に気付いたのは孝太郎の方だった。日頃から少女達の悪戯《いたずら》で鍛えられていたから、立ち直りが早かったのだ。

「しまった!?」

それに対してクリムゾンはやや出遅《でおく》れた。人付き合いというものがまだまだ初心者であるクリムゾンだから、必要以上に真希の言葉に反応してしまっていた。そんなクリムゾンと孝太郎の心理的な差、それを利用した真希の作戦勝ちだった。

「行くぞクリムゾンッ!!」

「真希ぃっ、あんた後で覚えてなさいよぉっ!!」

「こわいこわい」

孝太郎とクリムゾンが前に出る。だがやはり僅かにクリムゾンの動き出しが遅く、強力な魔《ま》法攻撃《ほうこうげき》では呪文の詠唱が間に合わない。仕方なくクリムゾンは両手で斧を構え、孝太郎に向かって突っ込んでいった。

真希の心理的な揺《ゆ》さぶりによって隙を見せてしまったクリムゾン。おかげで魔法による先制攻撃の機会を失い、戦いは早々に接近戦へ突入《とつにゅう》していた。

「真希っ、あんたやっぱり性格悪くなったわ！」

ガキィンッ
孝太郎の剣とクリムゾンの斧が激突《げきとつ》して火花を散らす。それぞれの武器が相手を傷付ける事はなかったが、攻撃はそれで終わりではない。どちらの武器にも魔法が込められているから、勝負はここからだった。

「うおっ!?」

孝太郎の身体が後方に押《お》される。クリムゾンが愛用の斧に込めていたのは風圧で相手を突き飛ばす魔法だった。この魔法は初歩のもので威力は弱いものの、ごく短時間で実行できるのが強みだ。おかげで攻撃に間に合ったし、相手の体勢を崩すには十分だった。

「どの辺が？」

「そうねっ、こうやってきっちり視界を奪《うば》ってくるところかしら!?」

ブンッ
クリムゾンは体勢が崩れた孝太郎に向かって斧を振るうが、その強力な一撃は空を切った。これは孝太郎の剣に込められていた真希の魔法の影響《えいきょう》だ。相手の心理に働きかけて視界を奪う初歩の幻術《げんじゅつ》だった。

「そうしないと里見君が負けてしまうもの」

孝太郎が体勢を立て直した直後、その左右に一人ずつ新たな孝太郎が現れる。増えた二人の孝太郎は真希が作り出した幻影《げんえい》だった。

「得意の短期記憶《きおく》消去はどうしたのよ?」

クリムゾンの視界が戻った時、孝太郎は三人に増えていた。

――――視界を奪ったのはこれをする為か!

クリムゾンは内心で舌打ちすると、手持ちの中で最速で発動できる攻撃魔法の詠唱を開始した。

「あれは私がやる分にはいいけれど、里見君は戦いにくいから」

「あんた、意外と尽《つ》くすタイプだったのねっ!」

使い慣れた簡単な魔法なので、掌印《しょういん》や言葉による実際の詠唱は必要ない。クリムゾンが振り回した腕《うで》の軌跡《きせき》に沿って三日月形の炎が形成され、そのまま直径を広げながら三人の孝太郎に向かって飛んで行った。

ポポンッ

「自分でも驚《おどろ》いてるわ。それと……やっぱり弄《いじ》りたくないわ、あなたの記憶」

この炎の威力は低く、ちょっとした火傷《やけど》を負わせる程度でしかない。実際、孝太郎には大きな影響はなかった。だが他の二人、幻術で作られた孝太郎を消す分には十分な威力があった。

「そんな甘い事言ってないで、殺す気でやりなさい、殺す気で！」

「無茶《むちゃ》を言わないで、もぅ……」

剣が閃《ひらめ》き、斧が唸《うな》る。戦っているのは孝太郎とクリムゾンなのだが、不思議とクリムゾンは後方にいる真希と話をしている。孝太郎としては、戦いの構図がどことなくおかしいような気がしないでもなかった。

――結局この二人は状況《じょうきょう》が許さなかっただけで、本物の友達だったんだな……。

だが真希とクリムゾンの遊びに付き合ってやっていると考えると、孝太郎はそれでいいように思うのだ。戦わずに済んだ友達同士の遊びであるのならば。

「さあ、そろそろ本気を出すわよ！」

「クリムゾン、あなたずっと本気だったでしょう？」

「そういう気構えでって話よ。細かいわねぇ」

「じゃあ、私も本気を出してみるわ」

「そうそう、その調子」

二人は本当に楽しそうだった。だから孝太郎はその笑顔《えがお》を守る為に、余計な失敗をする事がないよう気を引き締《し》めた。

戦いの決着はそれから数分後の事だった。元々人間が全力で動ける時間は何分もない。魔法でその時間は引き延ばされていたが、それでも限界はある。先に限界を迎《むか》えたのはクリムゾンの方だった。

「………イ、インフェルノッ、ファイアァァァァッ!!」

「どわあぁぁあぁぁぁぶなっ⁉」

孝太郎の前髪《まえがみ》がちりちりと燃える。正直なところ、孝太郎はやられたと思った。だがクリムゾンの魔法のタイミングが僅かに遅《おく》れた事でそうならなかった。その理由はクリムゾンが呪文を詠唱しながら戦っているから。剣を振るうだけの孝太郎よりも負担が大きく、クリムゾンは先に息が上がり始めていたのだ。

「里見君、十五秒シャドーお願い」

「……優《やさ》しいな、藍華さんは」

　孝太郎は真希の指示に従って、誰《だれ》も居ない空間に向けて全力で剣を振り始める。真希の意図は明らかで、クリムゾンに休む時間を与《あた》え、孝太郎の体力を落とす為だ。クリムゾンは一人、孝太郎達《たち》は二人。その差の分だけハンデを付けるのは公平な物の見方だろう。

「そういう、馬鹿みたいに真面目なところ、き、嫌いじゃないわ」

「せっかく会いに来てくれたんだから、多少おもてなしはするわよ」

「でも、手は抜かないでくれるのよね？」

「ええ。その為のシャドーだもの」

　真希はにっこりと微笑む。真希はシャドー中の孝太郎を攻撃しないクリムゾンがおかしくてならない。真面目さではクリムゾンは他人を笑えないだろう。そして真希の微笑みが消えるのとほぼ同時に、孝太郎は剣を振り終えた。

「お待たせ、二人とも」

　孝太郎の息はやや上がっており、クリムゾンは反対に少し落ち着いた。今の二人の状態はほぼ互角といったところ。真希の狙《ねら》い通りだった。

「丁度いいわ、そろそろ決着を付けましょ、真希」

「ええ。里見君、精一杯《せいいっぱい》本気でお願い」

「もう十分本気だよ」

「限界を超《こ》えろ里見孝太郎！」

「……そいつは敵が言う言葉じゃないぞ」

孝太郎とクリムゾンは再び武器を構えて向かい合う。すると両者の身体に次々と魔法の光が重なっていく。最後の勝負へ向け、強化の魔法を幾重《いくえ》にもかけているのだ。

「クリムゾン、お前の事だから真っ向勝負なんだろ？」

「一番楽しいじゃない、真っ向勝負」

「同感だ」

やがて双方《そうほう》の魔法による強化が終わる。それを待っていた二人は同時に前に出た。今回はタイミングに違いはないので、クリムゾンはやろうとすれば遠隔攻撃魔法《えんかくこうげきまほう》による牽制《けんせい》も可能だった。しかし彼女はそれをせず斧による接近戦を選んだ。彼女は攻撃魔《ま》力《りょく》さえも惜《お》しんで、自身を強化した。最強の敵と最強の自分が激突する事が彼女の望み。突き進《すす》む彼女の顔には楽しそうな笑みが浮かんでいた。

――――本当に女の子にしておくには惜しい奴《やつ》だ！　こいつが男だったらもっと色々楽しかったろうにっ!!

孝太郎も笑っていた。その笑顔は賢治《けんじ》とカブトムシを獲《と》りに行っている時などの顔に極《きわ》めて近い。実際、クリムゾンを連れてカブトムシを獲りに行きたいくらいだった。それは孝太郎もこの戦いを楽しんでいるという事なので、霊力《れいりょく》の弾《たま》を撃《う》ったりという小細工はしない。クリムゾン同様、全ての力は最後の勝負に突っ込むつもりだった。

「いけえええええええええっ!!」

「だあぁぁあぁぁあぁぁあっ!!」

ドカァンッ

武器同士が激突したというのに、響《ひび》き渡《わた》ったのは金属音ではなく爆発音《ばくはつおん》。互いの武器に込められた攻撃の為の魔法がぶつかり合ったのだ。その爆炎を抜けて煤《すす》だらけになった二人が接近する。二人はお互いに弾《はじ》かれた武器をそのままにして脚《あし》を大きく振り回した。

ゴンッ

今度も攻撃は互いに相殺《そうさい》し合ったのだが、その反動を使って二人は距離を取り、武器を構え直す。だがここで孝太郎と真希が二人一組である利点が出た。

「藍華さん――――」

「クイックキャスト・フォースフィールド!」

「――――そう、それ!」

バンッ

孝太郎は目の前に出現した黄色い光の円盤《えんばん》を蹴《け》り付けて大きく跳躍《ちょうやく》する。タイミングは完璧《かんぺき》で、孝太郎は一気にクリムゾンとの間合いを詰めた。そして孝太郎はそのまま身体ごと回転させてクリムゾンに斬《き》りかかる。

「……………」

この時、クリムゾンは何故か、ほんの一瞬《いっしゅん》だけ出遅れた。そのせいで彼女は孝太郎の剣を防ぐ事が出来なかった。だが遅れなくても防ぎ切れたかどうかは怪《あや》しいところだ。孝太郎と真希の連携《れんけい》はそれだけ見事だったのだ。

「だあああぁぁぁぁぁぁぁぁぁぁっ!!」

ぽかっ

こうして孝太郎の一撃はクリムゾンを捉《とら》え、模擬戦は孝太郎と真希の勝利で幕を閉じたのだった。

剣自体はクリムゾンを傷付けないものの、勢いまで完全に消える訳ではない。その勢いに押され、クリムゾンはその場に尻餅《しりもち》をついていた。

「あ――、負けた――」

負けはしたものの、クリムゾンは笑顔だった。元々二対一の変則マッチ。勝つ事よりも凄《すご》い戦いをする事が彼女の望みであり、それは十分に満たされた。彼女は満足だった。

「……お前は凄い奴だな。単独なら本当に誰よりも強いんじゃないか？」

孝太郎が勝ったのは間違いなく真希が居たからだ。だから孝太郎は純粋《じゅんすい》に驚き、尊敬の念を抱《いだ》いていた。

「あんたはナナと戦った事がないからそう思うのよ。誰よりも強いのはあいつよ」

「じゃあ言い方を変える。お前と戦うのは楽しい」

孝太郎はそう言いながらクリムゾンに手を伸《の》ばした。孝太郎も笑顔だった。

「……それは良い表現ね、悪くない気分よ。あと、あんたもね」

クリムゾンは迷わずその手を握《にぎ》り、立ち上がった。すると長身のクリムゾンの顔が、孝太郎のすぐ目の前にやってくる。その機会を利用して、孝太郎は気になっていた事を訊いてみる事にした。

「……ところでクリムゾン、お前、最後に何に気を取られた？」

孝太郎は真希に聞こえないよう、小声でそう囁《ささや》く。孝太郎は霊視《れいし》のおかげで、戦いの最後でクリムゾンの防御《ぼうぎょ》が遅れた事に気付いていたのだ。

「……あんたにはそういう事まで分かるのね。ふふ、あの最後の一瞬、あんたと真希の繋《つな》がりを感じて、ああ、真希は幸せなんだなって思ってしまったの」

クリムゾンも小声で答える。真希に聞かれると多少居《い》心地《ごこち》の悪い話だった。孝太郎に話すのも恥《は》ずかしくない訳ではなく、クリムゾンの頬《ほお》は僅かに赤くなっていた。

「そうか。クリムゾン、次はグリーン辺りを連れて来い。きっと藍華さんはそれで、あんたも幸せなんだって分かるだろう」

「孝太郎………」

続いた孝太郎の言葉に、クリムゾンは目を丸くする。そして一瞬自分の胸元《むなもと》を押さえた後、目を細めて横目で孝太郎を見る。それは怪しいものを見る時の目だった。

「………ふーん、そうやって真希を口説いたのね」

孝太郎の言葉でクリムゾンはほんの一瞬、心を動かされそうになった。だが恋愛《れんあい》とは縁《えん》がない彼女なので、何とか踏《ふ》み止《とど》まった。危ないところだった、それがクリムゾンの実感だった。

「口説いてないだろ、別に」

「男は馬鹿ね、本当に。自分が何をしているのかさえ、分かってないんだから………」

「なんだそりゃ?」

無自覚に女性を口説いている孝太郎に、クリムゾンは思わず呆《あき》れてしまっていた。当の孝太郎はクリムゾンの言《い》い掛《が》かり――――だと思っている――――に首を傾げている。孝太郎にとって、女性の言動はいつも謎《なぞ》だった。

「二人とも、何の話？」

「あんたの男が鈍《にぶ》いって話」

「一番大事なところは全然鈍くないから大丈夫《だいじょうぶ》」

「あんたがそうやって甘やかすからいけないのよ、まったく……………」

「今の話がどう繋がるのか、よく分からないんだが」

「馬鹿！　本当に馬鹿！」

「失礼な奴だな」

「まあまあ、二人とも……………」

戦いが終わると、少しだけ距離が縮まっていた孝太郎とクリムゾン。二人を大切に思う真希にとって、それは歓迎《かんげい》すべき事だった。だから真希は二人の言い合いに割って入りつつも、言い合いをもう少しだけ眺《なが》めていたいと思った。

孝太郎がアルバイトへ行ってしまうと、真希はクリムゾンを連れて街へ出た。せっかく会いに来てくれたお礼に、ファッションアイテムの一つもプレゼントしようというのだ。またもうすぐクリムゾンが帰る時間なので、街へ出た方がフォルサリアへのゲートが近いという事情もあった。

「ほら、良く似合ってる。あなた背が高いから、やっぱりこういうコーデにすると脚の長さが映《は》えるわね」

真希が見立てたのはロングパンツと丈《たけ》の長めのアウターという組み合わせ。クリムゾンがスカートを嫌がったので、パンツとベルトで脚の長さを強調しつつ、アウターで女性らしいシルエットを作るという発想になった。実際にクリムゾンに着せると予想通り良く似合っていて、満足の出来栄《ば》えだった。

「こんな服、少し動いたら破れちゃうわよ」

クリムゾン本人は多少困惑《こんわく》していた。彼女が好きな活動的なデザインではなかったからだ。クリムゾンの感覚では、このコーデは身体《からだ》をきっちり覆《おお》い過ぎていて、いつもの調子で動いたら破れてしまいそうで怖《こわ》かった。

「これを着ている時は出来れば派手に動かないで頂戴《ちょうだい》、クリムゾン」

壊《こわ》すのが大好きなクリムゾンが、壊す事を気にしている。真希はそれがおかしくてならない。だがそれがプレゼントしてくれようとしている真希の為なのも分かるので、実際には笑ったりはしなかった。

「それにガラじゃないわよ、こんなの」

クリムゾンは鏡に映る自分の姿に懐疑《かいぎ》的《てき》な視線を送っていた。真希は太鼓判《たいこばん》を押してくれていたが、クリムゾン自身はあまり自信が持てない。自分ががさつだという事は、ちゃんと自覚していたからだ。

「町を行き交《か》う人達《たち》はあなたの事を知らないから、ガラがどうとか思わないわ。綺麗《きれい》な人だなって思うくらいよ」

「……………そうかなー………」

だが真希は自信たっぷりだった。そしてその事は、二人で街を歩く事によってすぐに証明された。クリムゾンにとっては多少災難ではあったのだが。

ショップと美容室を経由した事で、クリムゾンの外見は大きく変貌《へんぼう》を遂《と》げていた。どこからどう見ても長身の美女に仕上がっており、普段の暴《あば》れん坊《ぼう》の印象はどこにも見当たらなくなっていた。

「……まったく、次から次へと湧《わ》いてきやがって……ナンパは相手をよく見てやれってんだ！」

その結果、クリムゾンは不機嫌《ふきげん》になっていた。この新しい姿は多くの男達の視線を惹《ひ》き付けてしまった。そのせいで何十メートルかおきに声を掛《か》けられる始末。だから腹を立てたクリムゾンが殴ってしまう前に、真希は彼女《かのじょ》をカフェに連れ込《こ》んでいた。

「ふふふ、よく見たからあなたに声を掛けたのよ。今のあなたほど綺麗な女性はなかなかいないもの」

「外見に誤魔化《ごまか》されるような男は願い下げよ」

「そこは同感ね」

「それにあいつら弱いのばっかだし」

一番腹立たしいのは、声を掛けてきた中に強そうな男が一人も居なかった事だ。やはりここでも力が全てのクリムゾン。彼女は苛立《いらだ》ち紛《まぎ》れにケーキを頬張《ほおば》る。このイチゴムースのケーキが、彼女の怒《いか》りを和《やわ》らげてくれていた。だが怒りは大きいので、三個目のおかわりは時間の問題だった。

「ふふ、私は弱い人が良いわ」

真希は目を細めて軽く肩《かた》を竦《すく》める。何でも最強が優先というクリムゾンの考え方は、流石に真希には共感出来ない。しかし批判せず、理解するように努めたい。真希にとって、クリムゾンはやはり大切な友達だった。

「あんたの言う弱い人って、あの男の事でしょう?」

「ええ、うん。まぁ………」

真希は顔を赤らめ、恥ずかしそうに頬をぽりぽりと掻《か》く。真希の人生には孝太郎が必要だが、逆に必要とされたいという想《おも》いもある。その為《ため》には強い男では困るというのが正直なところだった。

「ああいうのは弱いって言わないのよ」

「そうなの?」

「自分の弱さを認められるような奴は、今弱くてもそのうち強くなるのよ」

「強さを求めるあなたが言うと説得力があるわね」

「実際、あの男の弱さが誰かを遠ざけたなんて事はなかったでしょう?」

「………うん、なかったと思うわ。あの人を助けたい、一緒《いっしょ》に乗り越《こ》えたい、みんなそう思ったんじゃないかな………」

真希は恥ずかしさを隠《かく》す為にケーキを頬張る。そういう事情なので、残念ながら真希は口の中のチョコレートケーキの味がよく分からなかった。

「あんたはそう思ったから、日の光の下に出てきたのね」

「……………そう、なるのかな………うん、そうだと思う」

それが全てではないだろう。だが、それが全てのきっかけになっている。真希が世界に目を向けた事も、クラスメイト達を友達だと思うようになった事も、真希自身を赦《ゆる》した事も。そのきっかけを、クリムゾンは弱さだとは考えていない。それは弱い自分を受け入れる強さ。真希も今は、それが正しいと考えていた。

「真希、今日一日あんたと過ごして、良く分かったわ」

「うん？　何が？」

「やっぱりアンタは日の光があたる世界が似合うんだって」

クリムゾンはケーキを食べる手を止め、真希を見つめる。話題のおかげか、苛立ちは収まっていた。そんなクリムゾンに真希は微笑《ほほえ》みかけた。

「私にも分かったわ、クリムゾン」

「何が？」

「貴女《あなた》も日の光があたる世界で生きられるわ」

クリムゾンの結論は真希の結論でもあった。かつての真希がクリムゾンに望んでも得られなかったものは、今のクリムゾンの中にはきちんと存在している。だから真希は彼女にも出来ると考えていた。

「ガラじゃないわよ」

「そうね、私も最初は自分の事をそう思っていたわ。今のあなたみたいに、自分が着飾《きかざ》る事もよ？」

「うぐ」

今クリムゾンが歩んでいる道は、真希が歩んできた道だ。だからその心は手に取るように分かる。出所不明の喜びと、そう感じてしまう自分への困惑。これまでの自分にしがみついて、変化を否定したい気持ち。だからクリムゾンが幾《いく》ら誤魔化そうとしても、真希には通じなかった。

「それに………暇《ひま》だからって友達に会いに来たあなたが、そう出来ない筈《はず》はないわ」

真希の微笑みはここで少し楽しそうな印象を強める。そして自身のバッグに手を入れると、そこから綺麗に折り畳《たた》まれたハンカチを取り出した。

「今のあなたならきっと、最強を求めつつ日の光の下で――『可憐《かれん》』として生きられる筈よ」

可憐、それはクリムゾンの本名。真希だけが知っている彼女の真実。そして真希はそっと手を伸ばし、クリムゾンの頬に付いているケーキのクリームを拭《ぬぐ》った。

「……」

真希の言葉には説得力があった。しかしそれでもクリムゾンは、ガラではないと思っていた。やはり自分を変えるのは難しい。自分の変化に薄々《うすうす》気付いていながらも、受け入れていくのは簡単ではなかった。

「あたしを『可憐』と呼ぶなんて……あんたじゃなかったら、張り倒《たお》してるわよ」

「張り倒すなら、ケーキを食べ終わるまで待って頂戴」

「……あんた、やっぱり少し変わったわ」

「そう？　ありがとう」

真希は嬉《うれ》しそうに笑う。その笑顔を見てクリムゾンは思う。確かにガラではないとは思う。思うのだが、この真希の笑顔も、身に着けた新しい服も、目の前にあるイチゴのムースも、窓から差し込む柔《やわ》らかな夕日も……そして何より、特別な事が何も無かったこの一日が、嫌《きら》いではなかった。

Episode3 その後の魔法少女と協力者

それはナナにとって奇妙《きみょう》な状況だった。不思議な運命の導きは、フォルサリア魔法王国に秘《ひ》められた謎を解き明かした。そしてその延長線上で起こった神聖フォルトーゼ銀河皇《こう》国《こく》での戦いは、ダークネスレインボゥの残存勢力との協力が不可欠だった。それを可能としたのは、レインボゥハートに敗れた事で、ダークネスレインボゥが本来の目的に立ち返っていたからかもしれない。ダークネスレインボゥの本来の目的は、早急《さっきゅう》に真なる故郷へ帰る事。レインボゥハートはゴタゴタが片付くまでは帰《き》還《かん》すべきではないというスタンスだったので、両者の間には対立が生まれた。しかしフォルサリアでの戦いが終わり統治が一本化、秘められた謎が解かれた事で、両者には歩み寄れる土壌《どじょう》が醸成《じょうせい》された。結果としてダークネスレインボゥの幹部達は、魔法とフォルサリア、フォルトーゼに通じている事を買われ、フォルトーゼにおいてフォルサリアや魔法に関する問題を解決する為に働く事になった。しかもそれは、ナナと共にだった。

「複雑な感情はあるのよ、正直な所」

ナナはそう言って軽く眉《まゆ》を寄せ、パープルに笑いかけた。ダークネスレインボゥはしばらく前までは敵であった相手だ。許せない事も沢山《たくさん》やって来ている。しかしフォルサリアでの決戦以降、彼女達《かのじょたち》が少しずつ変化していた事も知っている。ナナとはやり方が違《ちが》っても、彼女らが仲間の為に、よりよい世界の為に、戦ってきたのは事実なのだ。それに最後は破滅《はめつ》を避《さ》ける為に力を貸してくれたりもした。だから憎《にく》めない。憎めないが、拭いきれない感情のもつれは残っている。だが未来の為には、手を取り合う必要がある。ナナの笑顔は言葉通り複雑だった。

「それはお互い様《さま》よ。ナナ、あなたとこうして向かい合って紅茶を飲んでいるだなんて。少し前の私達に教えたら、頭がおかしくなったのかと大騒《おおさわ》ぎになったんじゃないかしら」

パープルも笑う。ナナの気持ちは彼女にもよく分かる。パープルを始めとするダークネスレインボゥの魔法少女達は、フォルサリアでの最終決戦によって個人としての目的を失った。パープル自身も最愛の人を生き返らせるという目的を失っている。しかしそのおかげで彼女達は、見失っていた物を見付け出す事が出来た。それはいつも傍《そば》にいてくれる仲間の存在と、真なる故郷へ帰るという本来の目標だ。新たな仲間のエゥレクシスを得て、彼女達はフォルサリアを堂々とフォルトーゼへ帰還させる為に動き出した。その結果は少しばかり想定とは違ってしまったが、それでもやるべき事は変わらない。フォルサリアを堂々と帰還させ、より良き世界を作る。彼女達とエゥレクシスが目指したものを、引き続き目指し続ける。その為に必要であるなら、ナナとだって、レインボゥハートとだって手を組んでみせる。感情のもつれを飲《の》み込んで、目的を果たす。彼女達の気持ちは、ナナと同じなのだった。

「真希《まき》ならきっと………一番大事な本当の気持ちに正直になって、それ以外の余計な事は忘れろって言うわよ」

クリムゾンはそう言うとクッキーを頭上に投げ上げて口で受け取り、紅茶でそれを流《なが》し込む。彼女の言葉は百点満点だったが、その後にやった事が全てを台無しにしていた。

「クリムゾン⁉　あなた何か悪いものでも食べたの⁉」

隣《となり》で上品に紅茶を飲んでいたグリーンは目を剥《む》く。彼女の感覚としてはクッキーと紅茶の件はむしろ正しく、言葉の方が間違っている。クリムゾンとは思えない言葉だった。

「失礼ねえ！　あたしだって多少は物を考えるわ！」

「例えば？」

「戦いにもいろいろあって、戦うと楽しい相手がいる、とか」

「じゃあ、その相手を逃《のが》さない為に、他の事を我慢《がまん》するって事？」

「そー。レインボゥハートとも手を組むわ」

「あははは っ」

グリーンは笑う。最初はらしくないと思ったが、蓋《ふた》を開けてみれば実にクリムゾンらしい考えだった。楽しい戦いの為なら、他は我慢する。グリーンも納得《なっとく》の答えだった。

「失礼な奴だ、まったく……」

クリムゾンは不機嫌そうに紅茶を飲む。正しい事を言った筈なのに笑われるのは心外だった。そのせいだろう、紅茶の味は普段《ふだん》以上に苦く感じられた。

「一番大事な……うん、そうする事にするわ」

「ナナ？」

「ごめんなさい、みんな。ちょっと昔の馴染《なじ》みに会いに行ってくるわ」

ナナはそう言ってお茶を飲むのに使っていたスツールから飛び降りる――実はこのスツールに座《すわ》っていると彼女は床《ゆか》に足が届かない――と、ダークネスレインボゥの三人組に笑いかけた。

「ああ、佳苗《かなえ》に会いに行くのね？」

昔の馴染みという単語から、パープルはすぐに相手に気付いた。フォルサリアにいる人間ならわざわざ時間を取って会いに行く必要はない。だからナナがそうする以上、会いに行きそうな相手は限られるのだった。

「パープルさんは佳苗さんを御存《ごぞん》じだったんですか？」

「あら、そんなに年寄りに見えるかしら？」

「見えないから不思議だなと」

「先代のパープルから聞かされていたのよ。何度も酷《ひど》い目に遭《あ》わされた、とね」

「しかもパープルさんは、佳苗さんの娘《むすめ》の早苗《さなえ》ちゃんに？」

「二代に亘《わた》って悩《なや》まされた訳ね……妙《みょう》な因縁《いんねん》だわ……」

パープルはそういって肩を竦める。ダークパープルは代々、死霊術《しりょう》を得意とする。この系統の魔法は、魔力を霊力に変換《へんかん》して攻撃《こうげき》したり、霊《れい》や死者を操《あやつ》る技が主となる。そうなると高い霊力の持ち主は自然とライバルとなる。早苗の両親は双方が高い霊力の持ち主だったので、親子二代でダークパープル二代の敵となった訳だった。

「そいつ強いのか!?」

「クリムゾン、ネイビーと遊んできたばっかりじゃないの……まったく……」

「昔は強かったけど、引退して時間が経《た》ってるし、今はそれほどでもないと思うわ」

「なんだー、じゃあいいわ。一人で行って」

「そうさせて貰《もら》うわ。今を逃すと、また忙《いそが》しくなってしまうでしょうし」

ナナにとって一番大事なのは、やはり佳苗やゆりかだろう。ゆりかには好きな時に会えるので、ここは佳苗に会っておきたい。その気持ちを大事にする事は、今後の役目を果たす上で重要な意味を持つ。佳苗やその娘である早苗の為だと思えば、ダークネスレインボゥと手を組む感情のもつれは忘れられそうだった。


ナナとダークネスレインボゥが持ち帰った親書と情報は、フォルサリア魔法王国の上層部を大混乱に陥《おとしい》れた。真の祖国――――神聖フォルトーゼ銀河皇国が、希望者を移民として受け入れる用意があると言ってきた為だった。当初はナナやパープルも会議に呼ばれていたのだが、一定の議論がなされた段階でまずは長老会で方向性を定める事となり、今日と明日は突然暇《とつぜんひま》になってしまった。その暇を利用して、ナナは佳苗に会ってこようと考えたのだった。

「ふふふ………この辺はあまり変わっていないのね………懐《なつ》かしいわ………」

魔法《まほう》のゲートを通って吉祥春風市《きっしょうはるかぜ》に降り立ったナナは、かつての記憶を頼《たよ》りに東本願《ひがしほんがん》家へ向かっていた。この町は元々彼女の担当区域で、しかも協力者であった佳苗の住居へ向かっているので、何年も経った今でも道に迷うような事は無かった。

『夕飯ぐらい食べて行けばいいのに』

『でもそういう訳には……』

『良いから良いから！　協力者は捜査《そうさ》や戦いに限るって訳でもないんだから！』

ナナはかつての事に思いを馳《は》せながら道を歩いていく。佳苗との想い出は、ナナにとってとても大切なものだ。だからもうすぐ会えると思うと、自然と心が弾《はず》む。ナナの足取りはいつになく軽《かろ》やかだった。

「いきますよぉ、早苗ちゃぁん！」

「本気でかかってきなさぁい！」

「あれ、この声は……」

東本願家が目前に迫《せま》った時、ナナの耳に元気な声が届いた。声は東本願家の庭の方から聞こえてきていて、しかもナナが良く知っている声だった。笑顔になったナナは、聞こえて来た声に負けないぐらい元気に走っていった。

「あなたも来ていたのね、ゆりかちゃん!!」

東本願家の庭に足を踏み入れると、そこにはナナが期待した通りの人物がいた。それはナナにとって佳苗と同じぐらい大切な人物、虹野《にじの》ゆりか。おかげでこの時のナナの声は、いつになく明るく元気だった。ゆりかはその声に気付き、反射的にそちらを見た――――のがいけなかった。

「ナナさ――――ぐふぉっ」

ゆりかの頬にバドミントンのシャトルがめり込む。シャトルが命中した事そのものは大したダメージではなかったのだが、ゆりかはこれに驚いて大きくバランスを崩《くず》した。

ずしー――ん

そしてゆりかはシャトルが頬に命中した時の顔のまま、地面に倒れ込んだ。

「ゆりかちゃん⁉」

「……………ナナさん………来ていたんですねぇ………」

「ご、ごめんなさいゆりかちゃん！　変な時に声を掛けてしまって！」

ナナは慌《あわ》てて駆《か》け寄ると、両手でゆりかを引き起こす。幸いゆりかには目立ったダメージはなく、頬にシャトルが激突《げきとつ》した赤い痕《あと》が出来た以外には傷らしいものは見当たらなかった。

「良いんですよぉ、このぐらいぃ。仕方ないですぅ」

普段なら猛抗議《もうこうぎ》しそうな状況《じょうきょう》だが、ゆりかにとってもナナは特別だった。ゆりかは別段

文句を言ったりはせず、ナナに笑顔を向ける。ナナがその顔を見て大丈夫そうだと安堵《あんど》していると、そこへ早苗がやってきた。

「やっほー、ナナ!」

「こんにちは、早苗ちゃん」

「それとダイジョブ、ゆりか?」

「大丈夫ですぅ」

ゆりかもここで立ち上がる。彼女は最初、少し痛そうにお尻《しり》をさすっていたが、幾らもしないうちに笑顔になった。他の二人も笑顔だったので、三人は元気で明るい笑顔で向かい合った。

「ナナ、ママに会いに来たの?」

早苗は目を輝《かがや》かせ、興味津々《きょうみしんしん》という様子でナナに尋《たず》ねる。早苗にとってナナは元祖本物の魔法少女であり、尊敬の対象だった。今のナナは魔法の力の大半を失っているものの、それが友達――――ゆりかの為であった事から、むしろその事が早苗の尊敬の念を強めている。また早苗の母親である佳苗とコンビを組んでいたという事も、早苗がナナを尊敬する気持ちを強めていた。

「ええ、いらっしゃるかしら?」

ナナの方も佳苗の娘という事で、早苗にはただの友達以上の視線を向けている。またかつての任務で守った相手であったり、ゆりかの友達であるという事も、ナナの視線を優しいものにしていた。

「うん。そろそろ出てくると思う」

実は佳苗も二人のバドミントンに加わる予定となっていた。佳苗は先程《さきほど》二人がバドミントンをやっているところに通りかかり、運動好きの血が騒《さわ》いだのだ。しかし着ている服が和服だったので、今は動き易《やす》い服装に着替《きが》えに行っているところだった。そして早苗がナナにその辺りの事情を伝えた直後、その佳苗が庭に姿を現した。

「早苗、ゆりかちゃん！　お待た――――って、あらやだ奈々《なな》ちゃんじゃないの!?」

「ご無沙汰《ぶさた》しています、佳苗さん」

佳苗は近所の主婦達と一緒に習いに行っているテニスのウェアに身を包み、やる気満々の完全な臨戦態勢。ナナはそんな彼女をただ嬉しそうに見つめていた。それは久しぶりの相棒との再会であったが、佳苗にとってバツの悪い再会だった。

ナナと佳苗の出会いは十数年前に遡《さかのぼ》る。佳苗は夫の早太郎《そうたろう》とは違って一般《いっぱん》家庭の出身だったが、強い霊力を持って生まれた。もちろん彼女には霊力を操る技術が無かったので、勘《かん》が良いという形でしか霊力を発揮していなかった。しかしそのおかげで高校や大学でやっていた弓道《きゅうどう》では好成績を残しているし、佳苗とナナが出会う原因ともなった。良くも悪くも勘の良さで、ナナとダークネスレインボゥの戦いに遭遇《そうぐう》してしまったのだった。

魔法少女が一般市民に正体を知られた場合、通常なら記憶《きおく》を消して出会いそのものを無かった事にするのだが、幾つかの条件を満たせば魔法少女の活動に対して協力を求める場合があった。佳苗の場合はそのケースで、心身ともに健康、持って生まれた強い正義感、そして強い霊力が評価されたのだ。それからナナと佳苗はコンビを組んで、共に戦う事となった。佳苗の弓とナナの魔法を組み合わせた独自の戦闘《せんとう》スタイルは、幾度《いくど》となくダークネスレインボゥの野望を阻《はば》んで来た。二人は当時のダークネスレインボゥの目の上のたんこぶであり、結果的に早苗の霊力が奪《うば》われるという事件が起こったりもした。早苗の莫大《ばくだい》な霊力が欲《ほ》しかったというだけでなく、佳苗に対する圧力の意味も多分に含《ふく》まれていたのだ。

佳苗が協力者を止《や》めたのは、娘の早苗が長期入院した時だった。しかしこれは佳苗がどうこうというのではなく、ナナの方が申し出た事だった。早苗の長期入院はしばらく前の霊力を奪われた事件がきっかけとなっており、佳苗にこれ以上の負担を強《し》いる訳にはいかないと考えての事だった。ナナはコンビ解消を告げる手紙を残して姿を消し、以降は音信不通となった。そんな二人が再会するまでには、多くの時間が必要だった。

二人が再会したのは、ナナが戦いで不自由になった身体を治療《ちりょう》する時の事だった。多くの勢力が孝太郎《こうたろう》の下《もと》に集っていたおかげで、技術を結集して精巧《せいこう》な義肢《ぎし》を作る事が可能となったのだ。それから既《すで》に数ヶ月が経っていたのだが、回復したナナには多くの仕事が舞《ま》い込むようになり、二人がまともに会えた時間は少ない。そんな状況であったから、佳苗の歓迎ぶりは熱烈《ねつれつ》なものだった。

「元気そうじゃないっ、奈々ちゃ〜〜〜ん!!」

佳苗が自身のテニスウェア姿を恥ずかしがっていたのは一瞬だった。佳苗は有無《うむ》を言わさぬスピードと力でナナを捕《つか》まえると、両腕《りょううで》で思い切り抱き締《し》めた。佳苗にとって、ナナはもう一人の娘も同然。両腕にはその強い気持ちがこれでもかと込められていた。

「か、佳苗さん、痛い」

実の所、ナナはこうなるんじゃないかと予測――いや、期待していた。だからかわそうとすればかわせたのだが、かわさずになすがままにされていた。ナナの方も佳苗の事を母親同然に慕《した》っているのだ。

「あらごめんなさい。嬉しくってつい力が」

ナナの苦しそうな様子に、佳苗は慌てて両腕の力を緩《ゆる》めた。だが緩めただけで、抱きかかえたままなのは変わらない。佳苗は嬉しくて仕方がないのだ。ナナがかつてのように元気にしている事が。

「佳苗さんもお元気そうですね」

「ええ。もっとも、昔ほどの体力はないけれど………」

「大丈夫、昔と同じくらい苦しかったですよ」

「もう、ナナちゃんったら………」

ナナの方も同じ気持ちだった。佳苗が以前と同じように接してくれるのは、身体が元に戻《もど》ったからだ。それが嬉しくてならない。だから自分に健康をくれた仲間達に、改めて感謝の気持ちを向けていた。

「やっぱりナナさんとぉ、佳苗さんはぁ、仲良しなんですねぇ」

以前から双方《そうほう》と親交があったゆりかは、そんな二人の様子をにこにこと見守っていた。

かつてはお互《たが》いに気遣《きづか》いがあって距離《きょり》があったものの、今はもうその心配もない。ダークネスレインボゥとの戦いは終わり、二人は何の気兼《きが》ねもなく会える。ゆりかはとても素晴《すば》らしい事だと思っていた。

「仲良しなのは素晴らしき事。良きかな良きかな」

早苗も訳知り顔で繰《く》り返し頷《うなず》く。早苗にとって、尊敬する元祖本物の魔法少女が、大好きな母親と友達だというのは誇《ほこ》らしい事だった。それがまるで自分の功績であるかのように自慢《じまん》げだった。

「ママ、昔ナナと二人で、そこらを荒《あ》らし回ってたんでしょ!?」

そして早苗は目をキラキラと輝かせ、かつての二人の事を聞きたがった。これまでは断《だん》片的《ぺんてき》な情報から想像するだけだったので、やはりそこは興味の的だった。

「違うわよ。私は奈々ちゃんのお手伝いをしてたの。フォルサリアの人は、こっちじゃ身元がないでしょう?」

「でもナナが、ママは気に入らない奴《やつ》を容赦《ようしゃ》なくボコボコにしてたって」

「奈々ちゃん!?」

「言ってないです!　そういう表現はしてないです!」

だが現実は早苗の想像とはやや違っており、佳苗にしろナナにしろ、それぞれに情報の訂正《ていせい》が必要だった。

「荒らし回ったりしてないわ！　二人で協力して町の平和を守ってたの！」

「町の平和の名の下に、気に入らない奴らをボコボコに？」

「違う違う！　早苗ちゃん、佳苗さんは気に入らない奴をボコボコにしたんじゃなくて、悪事を働いた魔物《まもの》や魔法少女を颯爽《さっそう》とやっつけてくれたの！」

「ふーん、あたしとゆりかみたいな感じだったのかー」

「考えてみたらぁ、そりゃそうだなーというかぁ。残念ですぅ」

早苗は母親の夜露死苦時代の武勇伝が聞けると思っていたので、少しばかり残念に感じていた。これはゆりかも似たような気持ちだった。とはいえゆりかの場合、想像の方向が少女漫画《まんが》や某歌劇団《ぼうかげきだん》の方へ行っていたのだが。

「でも強かったは強かったんでしょ？　ママもナナも」

「それは……そうなるかしら」

「佳苗さんには『神速の剛弓《ごうきゅう》』っていう二つ名があったのよ」

「カッコイイ!!　特攻服《とっこう》の背中に刺繍《ししゅう》したりしたの!?」

「してない！　だからその方向の発想から離《はな》れなさい！」

「えー」

「えーじゃないの！」

正統派魔法少女とコンビを組む、夜露死苦時代の母親――――そんな早苗の思《おも》い込《こ》みは強固であったが、しばらく話すうちにどうやら母親には夜露死苦時代は無かったらしいという事を理解し始めていた。その分だけちょっとがっかりの早苗だった。

「ママは普通《ふつう》に協力だったのね。がっかり」

「がっかりって、ちょっと早苗……もぉ……」

「でもでもぉ、実際のところぉ、佳苗さんってぇ、どれぐらい強かったんですかぁ？」

早苗に代わって、ゆりかが素朴《そぼく》な疑問を口にする。ゆりかにしろ早苗にしろ、ナナの強さはよく知っているが、佳苗の真の実力についてはよく分からない。一度一緒《いっしょ》に戦った事はあるが、それだけでは分からない事の方が多い。ゆりかとしても、その辺は知りたいと思っていた。

「それはとっても――――そうだ、いい方法を思い付いたわ」

ナナは不思議そうにしているゆりかに笑いかけた。そしてゆりかが手にしたままになっているバドミントンのラケットを指し示す。

「折角《せっかく》だからやってみましょうか。新旧コンビ対決というやつを」

「奈々ちゃん、本気なの!?」

「ええ。今の佳苗さんがどこまでやれるのか、その辺も興味がありますし」

「奈々ちゃんはまだ若いけど、私はもうそろそろ色々とアレよ？」

「それでも………ちょっとシャクじゃないですか？　若い二人に舐《な》められっぱなしというのは」

「ん………そうね、乗った！」

かつて天才魔法少女と神速の剛弓と呼ばれた無敵のコンビが居た。諸事情からコンビは解消され、しばらく個別に活動していたが、この日遂《つい》に再結成の運びとなった。戦いの舞《ぶ》台《たい》はバドミントンという限定的なものだが、それでも再び手を取り合って戦う事には格別の想いがある。二人は楽しそうに笑うと、勢いよく互いの手を打ち合わせた。

「ぬっふっふ～ん、やる気だな、ママとナナ♪」

「大丈夫《だいじょうぶ》でしょうかぁ………」

「気合よ気合！　絶対やっつけるわよ、現役《げんえき》最強コンビの名に懸《か》けて！」

「………いつからコンビになったんですかぁ？」

「細かい事はいいの！　とにかく気合！」

「はいぃっ！」

対するは現役の自称魔《じしょうま》法《ほう》少女と自称霊能力《れいのうりょく》美少女。どちらも自称ではあるが、多くの戦いを潜《くぐ》り抜《ぬ》けた事で二人は十分に鍛《きた》えられている。敵の強さは計り知れないものの、やられるつもりはない。力の限り戦って、打ち倒すつもりだった。

四人は本格的にバドミントンをやっている訳ではないので、ルールはかなり曖昧《あいまい》に運用されている。サーブを打つ時の立ち位置がまさにそうで、各自が打ち易いサイドからサーブを行っていた。そうしないとサーブでのつまずきが多かったのだ。特にゆりかが。

「いきますよぉ～～～～」

スコンッ

ゆりかはコートの右側に立ち、ネットの向こう、コートの左側に立っているナナに向かってサーブを打った。早苗とはこの位置関係で遊んでいたので、ゆりかでもサーブの成功率は高い。打ち出されたシャトルは軽く弧《こ》を描《えが》きながらナナに向かっていった。

「だんだん分かって来たわ！」

スパンッ

ナナは小さな身体を大きく使ってシャトルを打ち返す。バドミントン初体験のナナだったが、その動きは初めての人間のそれとは思えない水準にある。ナナは既にゆりかよりも美しいフォームを見せていた。かつて天才の名をほしいままにしただけの事はあった。

「じゃーそろそろ本気で行くぞー！」

パスッ

早苗もナナに負けないぐらい美しいフォームで打ち返す。元気な早苗はバドミントンで遊ぶことが少なくないので、バドミントン部員程《ほど》ではないにせよ、器用に身体とラケットを扱《あつか》っていた。

「ちょっと待ちなさい、私はまだ勘が戻ってないんだから！」

パシッ

反対に多少苦戦していたのが佳苗だ。彼女は元々勘がよく、しかも若い頃《ころ》は早苗以上に活発だった。だがその頃のように動こうとしても、なかなか上手《うま》くいかない。若干《じゃっかん》の体力の衰《おとろ》えがあり、また一線を引いた事で勘が鈍《にぶ》っている事が、その原因だった。ここまでに何度かラリーを繰り返した事で多少改善しているが、まだまだ納得出来る水準には至っていなかった。

「気にせず打ち込《こ》め、ゆりか！」

「はぁい！」

パスンッ

しかし堪《こら》え性《しょう》のなさには定評がある早苗とゆりか。待ち切れなくなった二人は唐突《とうとつ》に牙《きば》を剥いた。

「あっ、こらっ!?」

佳苗はこの時、握《にぎ》りがしっくりこなかったのでラケットを握り直していた。そこへゆりかがシャトルが打ち込んできたので、佳苗は対応が一瞬遅《いっしゅんおく》れてしまった。

「大丈夫《だいじょうぶ》大丈夫!」

ヒュッ、パシンッ

だがナナが素早《すばや》くジャンプしてシャトルの軌道《きどう》に割《わ》り込み、上手に打ち返した。おかげで佳苗は難を逃れた。

「ありがと、奈々ちゃん!」

「敵は待っていてはくれませんよ!」

「そうだったそうだった!」

ここで佳苗の目つきが変わった。かつての勘が完全に戻ったとは言えないが、それならそれでそういう攻撃を受けたと考えればいい。悪の魔法少女達《たち》との戦いでは、感覚を狂《くる》わされるなど日常茶飯事《にちじょうさはんじ》。戸惑《とまど》っているぐらいなら、その状態で戦う事を考えた方が良い。

佳苗の中で、戦士であった頃の彼女《かのじょ》が少しずつ目を覚まし始めていた。

「……ゆりか、ママがやばい感じ出してきたよ」

「分かります。真耶《まや》さんが来た時の顔と同じですぅ」

「あれが夜露死苦モードのママか………」

「ボコボコにされないように頑張《がんば》りましょうねぇ」

ゆりかはこういう佳苗を一度だけ見た事があったし、早苗は霊力《れいりょく》の質の変化を感じ取っている。やはり油断ならない相手だと、二人ともしっかり理解していた。いよいよ本格的な戦いの始まりだった。


そこからの佳苗は数秒前までの彼女とは全くの別人だった。動きからは迷いやためらいが消え、しかもプレーからどんどん学習して動きが変化していく。また現在の自分の力を把握《はあく》してきた事で、体力の使いどころがはっきりとしてくる。佳苗のプレーには静と動、それらが同居し始めていた。

「だあぁぁぁぁぁぁっ、らあぁぁぁっ!!」

スパンッ
ほぼ静止状態だった佳苗は、シャトルが間合いに入った瞬間《しゅんかん》に動き出し、女性としては比較的《ひかくてき》高い身長と優《すぐ》れた腕力《わんりょく》を生かして勢いのあるスマッシュを放つ。

「早苗ちゃん！」

「ダイジョブ！　えいやっ！」

ぱすっ
だが佳苗が打ったシャトルの飛んだ先が元気一番早苗のところだったので、惜《お》しい所で拾われてしまった。

「ぬぅ、流石《さすが》は我《わ》が娘と言ったところか」

佳苗としては嬉しさ半分、悔《くや》しさ半分といったところ。そんな佳苗の様子を見て、ナナは嬉しそうに笑った。

「ふふふ、でも『神速の剛弓』らしさが出てきましたよ、佳苗さん」

元々和弓《わきゅう》で戦っていた佳苗なので、その戦闘技法は静と動が同居するものだ。今の佳苗はその時の雰囲気《ふんいき》を取り戻しつつあった。

「その二つ名は返上の時期が来たようよ」

「まだまだその時ではないです！」

スパンッ

佳苗の動きの変化を感じて、ナナは自身の動き方をかつてのそれに切り替《か》えた。かつては常に動き続けるスタイルのナナが、狙《ねら》いが正確で攻撃力《こうげきりょく》が高い佳苗の間合いに敵を追い込んでいく形で戦ってきた。今の状況で言えば、佳苗の間合いに緩いシャトルを返さざるを得ないように、相手チームを揺《ゆ》さぶるのだ。ナナはその効果を狙い、ゆりかが立っているサイドのライン際を狙ってシャトルを打ち返した。

「わわわっ⁉」

ゆりかも成長しているので、慌てながらもなんとかシャトルに食《く》らい付く。普段は何事も投げやりになりがちなゆりかも、今は師匠《ししょう》のナナに成長した自分を見て貰いたいという思いがあって高い集中力を保っている。動きはいつものそれとは違っていた。

パンッ

おかげで何とかシャトルをナナ達の方へ打ち返す事が出来た。だが、そこで待ち構えていたのが佳苗だった。

「流石ね奈々ちゃん‼　………ふんっ‼」

ズバッ

ここまで追い込んで貰えれば、後は佳苗の剛腕《ごうわん》が唸《うな》るだけだ。小回りを無視していい状態なら、単純な腕力と最大スピードでは佳苗はナナを遥《はる》かに上回る。空気を激しく切り裂《さ》く音と共に、佳苗は思い切りラケットを振《ふ》り下ろした。

「来たなぁっ!!」

チッ

早苗はちゃんと佳苗の動きについていっていた。だがそれでも佳苗の全力の一撃《いちげき》は止められなかった。早苗のラケットに僅《わず》かに触《ふ》れて軌道を変えたものの、シャトルはそのままコートに落ちた。

「くうぅうぅうっ、届いていたのにぃぃっ！」

早苗は本当に惜しかった。惜しかっただけに、悔しさが募《つの》る。そしてその悔しさが、早苗の小さな胸の中で闘志《とうし》をめらめらと燃え上がらせた。

「次こそは絶対に止める！　覚悟《かくご》しててママ！」

「そうよ早苗、最後は根性《こんじょう》が物を言うの！　でもママも根性には自信があるからね！」

親子そろって負《ま》けず嫌《ぎら》い。ネットを挟《はさ》んで全く同じような表情をした二人が闘志をぶつけあっている。ナナはそれを見て微笑《ほほえ》ましい気分になる。佳苗が二人に増えたように見えて、不思議と嬉《うれ》しくなってしまうのだ。同じ気持ちなのだろう、ゆりかも同じような顔をして笑っていた。そして最後にナナとゆりかは自分達も同じ顔をしているという事に気付き、笑い合った。

試合は一進一退の様相を呈《てい》していた。当初は早苗とゆりかの若さが勝っていたのだが、かつての調子を取り戻し始めた事で佳苗とナナの技術と勝負度胸が有利に働き始めた。結果としてファーストゲームを早苗とゆりかが、セカンドゲームを佳苗とナナが取った。戦いの決着はファイナルゲームへともつれこんでいた。

「やるじゃないの、早苗もゆりかちゃんも！」

「へへへ、あたし達は現役の魔法少女だもん！」

「いつまでもナナさんにおんぶにだっこではまずいですから！」

「そう、その意気よゆりかちゃん！」

しかしファイナルゲームになる頃には、ナナはともかく佳苗の息が上がり始めていた。戦いから退いて長い時間が経っているし、トレーニングもしていないのだから、他の三人のペースについていけないのは当然だ。強い霊力を持って生まれていなければ、ファイナルゲームにさえ辿《たど》り着けなかっただろう。その為《ため》、両者の戦力バランスは再び変化し、ほぼ互角《ごかく》と言ってよかった。

「でもさ、ここまで来たら本気でやろうよ」

ここで早苗がにやりと笑う。それは彼女が悪戯《いたずら》をする前に、よくする顔だった。

「あら、本気でやってるわよ？　あなたは違うの、早苗？」

「ちゃんと本気だったよ、ママの娘としては。でも、折角だからお互いの魔法少女としての本気でやってみない？」

ここまで早苗は確かに本気だった。ゆりかもそうだ。だが二人とも霊力や魔法は使っていない。つまり普通の女の子としての本気だったのだ。早苗はそれを魔法少女の本気にしてみたらどうかと提案している。霊力や魔法も有りにして、とことん勝負してみようというのだった。

「面白《おもしろ》いじゃない。乗った！　いいわね、奈々ちゃん！」

「厳密には駄目《だめ》なんですけど、ここには関係者しかいませんし………ま、訓練という事にしましょうか」

佳苗は乗り気だった。ナナは多少思うところはあったのだが、スポーツといえど弟子《でし》のゆりかの成長を見る絶好のチャンスだったので、結局はやる気になった。反対にちょっと弱気になっていたのがゆりかだった。

「……大丈夫でしょうかねぇ？」

ゆりかは弟子であるだけに、かつて天才魔法少女の名を冠《かん》していたナナの強さを誰《だれ》よりも良く知っていた。だから何でもありの条件ではとてもではないが勝てるとは思えず、不安しかなかった。そんなゆりかに対して、早苗は力強い瞳《ひとみ》で迫った。

「どっちの本気でも同じよ。ナナもママも強いんだから」

早苗としてはどうせなら最強の状態を見ておきたかった。自分の母親がブイブイ言わせていた頃を知りたかったのだ。それに魔法やら何やらを使おうが使うまいが、結果が変わるとは思えない。強い方が勝つ。だとしたら、母親の最強状態を見ておきたい。早苗にしては色々と考えていたのだ。

「わ、分かりましたぁ。私もお二人の戦いぶりを見ておきたいですぅ」

「よく言ったゆりか！　それでこそ大和撫子《やまとなでしこ》！」

こうして両者は何でもありで戦う事になった。とはいえ、実はこの提案は早苗が母親を思い遣《や》っての事でもあった。息が上がり始めている佳苗の負担を軽減するには、魔法を有りにするのは良い手なのだ。母親ともっと遊びたい、そんな気持ちも早苗の後押《あとお》しをしていたのだった。

「それじゃあ奈々ちゃん、いつものをお願い」

「ライトニングリフレックス、マイティパワー」

「こっちも行くぞぉ、ゆりかぁ!!　おとめちっくぱわーぜんかーい!!」

「ミラーイメージ、ショートテレポート・モディファー・ディレイ」

やがて東本願家の庭に魔法と霊力の光が飛び交《か》い始める。見た目は普通の少女達とその母親でしかなくても、四人は幾多《いくた》の戦いを潜り抜けて来た歴戦のつわもの。四人の本気の遊びは、いよいよ現実離れし始めていた。


佳苗が放ったスマッシュはプロのそれを圧倒《あっとう》するスピードで早苗とゆりかに襲《おそ》い掛《か》かった。それはナナの魔法で強化された腕力と高速化された神経によって生み出された最高の一撃だった。

「まぁけるもんかぁぁぁぁぁっ!!」

並の人間には目で追う事さえ難しかっただろう。だが早苗はそれに追い付いた。目では追えなくても霊力では追えている。佳苗の狙いは正確なので、早苗は佳苗が狙った時に霊力が集中した地点に先回りしたのだ。だがナナに散々振り回された後だったから、それだけでは追い切れない。追い付けたのは、早苗自身が霊能力《れいのうりょく》で身体能力を引き上げていた事と、ゆりかが使ってくれた短距離瞬間移動《たんきょりしゅんかん》の魔法のおかげだった。

スパンッ

「よぉしっ!! やれぇっ、ゆりかぁぁっ!!」

追い付いたといってもジャンプしてギリギリだったので、早苗が打ち返したシャトルには力がなかった。ただ緩やかに放物線を描いて佳苗とナナの側へ飛んでいったので、このままではスマッシュの良い的になる。そこでゆりかによる第二手が必要だった。

「アクティベート・ミラーイメージッ!!」

ヴァヴァヴァッ

シャトルがコートを二つに仕切るネットの真上辺りに差し掛かった時、シャトルの周りに十数個のシャトルが現れる。それらはゆりかの幻術《げんじゅつ》で、木を隠《かく》すなら森の中、偽《にせ》のシャトルで本物を隠そうというのだった。

「クイックキャスト・アンプリファイア!」

しかしナナと佳苗もただではやられない。ナナは体内に埋《う》め込まれた魔法の杖《つえ》の力を使って他人の魔法を掻《か》き消す魔法を発動、それを自身の力で増幅《ぞうふく》させた。これによりシャトルは三つまで減少。そこまで来れば佳苗の眼力と勘が物を言う。

「でかした奈々ちゃんっ!!」

ズバァンッ

佳苗のラケットは見事に本物を捉《とら》え、早苗達《たち》の側のコートへ打ち返された。ゆりかは魔法を使った直後、早苗はジャンプして着地した直後。今度は流石に決まっただろう、佳苗はそう思った。

「まだまだぁぁぁぁぁぁっ!!」

パシィッ

だが、まだ動けない筈《はず》の早苗がシャトルを打ち返してきた。崩れた体勢のまま後方に向かって飛びあがり、落ちる寸前のシャトルをラケットで見事に捉えたのだ。

「なんですってぇっ!?」

これには流石の佳苗とナナも対応できず、早苗が打ち返したシャトルはコロコロと二人の足元を転がった。

「……………奈々ちゃん、一体何がどうなってるの？　ウチの子ってば不自然な感じで空を飛んだけど、あれってゆりかちゃんの魔法じゃないわよね？」

「話せば長くなるんですが、早苗ちゃんには霊能力の才能があったらしくて………」

「霊能力………我が娘《むすめ》ながら、出鱈目《でたらめ》ね」

「ぶいっ」

早苗は自慢げにブイサインをする。別に隠していた訳ではないのだが、結果的にそれで佳苗達の虚《きょ》を衝《つ》く事が出来た。早苗としては大満足だった。

「でも飛ぶなら飛ぶで、そのつもりで戦えば良いだけの話よ」

「流石ママ、かなり夜露死苦な感じになってきたね！」

「まだ娘にやられるほど歳《とし》を取っていないわ！」

点は取られたものの、これまで様々な危機を乗り越《こ》えて来た佳苗だから、これぐらいでは心は折れない。空を飛ぶ敵との戦いなど、日常茶飯事だった。佳苗は妙《みょう》に楽しそうにしながら、強い目で早苗を見つめている。それとは逆に、ゆりかに優《やさ》しい瞳を向けていたのがナナだった。

「その調子よ、ゆりかちゃん！　でも、疲《つか》れて少し掌印《しょういん》が正確さを欠いているわ」

「はい、気を付けますぅ！」

実はナナの幻術破りが間に合ったのは、ゆりかが魔法を発動させる時に行う動作の幾《いく》つかに遅《おく》れがあった為だった。もしそれが正確に行われていれば、その時点でポイントを取れていた筈だった。

「奈々ちゃん、対戦中にそんな事を教えちゃ駄目よ。終わってから終わってから」

「ごめんなさい、佳苗さん。どうしても弟子には強くあって欲しくて……」
勝負に厳しい佳苗にたしなめられ、ナナはちょろりと舌を出して詫《わ》びる。それは佳苗にだけ見せる特別な顔だが、すぐに消えた。ナナもまた、早苗と弟子のゆりかが容易ならざる相手である事をよく理解していたのだった。

両者の戦いは均衡《きんこう》状態が長く続いた。技術面では佳苗とナナが上回っていたが、体力面では早苗とゆりかが上だったので、まともにやっていれば後半は若い二人が有利になっていた筈だった。だがシャトルや相手に魔《ま》法《ほう》や霊能力で直接触《さわ》ってはいけないという以外は何でもありだったので、戦闘経験と緊《きん》張《ちょう》状態への耐性《たいせい》の差が表面化。結果として試合はマッチポイントからセティングを繰り返す激戦となっていた。
「きゃあああぁぁぁぁあっ!?」
ぽすっ
一メートルを超《こ》える巨大《きょだい》なシャトルがゆりかの額に命中する。だが痛みは殆《ほとん》どない。激《げき》突《とつ》した瞬間、シャトルは元の大きさに戻り、ゆりかの足元に転がった。実際にシャトルが大きくなっていた訳ではない。大きく見せかけるだけの幻影《げんえい》だったのだ。

「うわあぁぁぁぁあっ、やられたぁっ!!　ナナッ、あんたやるじゃない!!」

ポイントを取られた事で、再びナナと佳苗が追い付いてきた。ポイントは二十九対二十九。本来ならセティングが続きそうなものだが、バドミントンのルールでは三十点目を取った方が勝ちとなる。リードを失い状況が悪くなったが、早苗は思わずナナの事を称賛《しょうさん》していた。このシャトルの巨大化《きょだいか》は、早苗達の勝利を阻むべくナナが繰り出した起死回生の大作戦だったのだ。

「上手くいって良かったです」

「奈々ちゃんはね、本当に魔法を使うのが上手なのよ」

「ダークネスレインボゥにすっごく嫌《きら》われてた理由が分かった気がする」

「そりゃあ私のお師匠様ですからぁ。えへへへへぇ」

仕掛《しか》けとしては幻影をシャトルに被《かぶ》せただけで、大したものではない。使った魔力《まりょく》の量も微々《びび》たるものだ。だが使うタイミングが良かった事と、巨大化した時の心理的な影響《えいきょう》が大きかった。変化したのはまさにゆりかが打ち返そうとしたタイミング。そして巨大化した事でゆりかはぎょっとしてしまい、更《さら》には何処《どこ》を叩《たた》けばいいかが分からなくなった。打ち返せなかったのは魔法が来ると分かっていても避《さ》けようのない魔法の種類とタイミング。

はゆりかのせいではなく、ただナナが見事だったのだ。

「あんたが自慢してどうすんのよ」

「あ、そうでしたぁ。頑張らないとぉ！」

「そうそう、ここが正念場よ！」

一度リードしたのに追い付かれてしまったという状況《じょうきょう》だが、早苗とゆりかの闘志は薄《うす》れていない。二人の目的は勝つ事より、自分や相手の力を互いに見せ合う事にある。ゆりかは元気になったナナに成長した自分を見て貰《もら》いたかったたし、早苗は強かった母親が見たいし、自分の事も見せたかった。その為には全力で戦い続ける事が必要で、それが全てだった。

「………安心したわ、奈々ちゃん」

「何がです？」

「あなたは本当に元気になった。後任のゆりかちゃんとウチの子は十分に強い」

「安心するのは早いですよ、佳苗さん。師匠や前任者の最後の仕事は、最強の敵として立ちはだかる事です」

「異論なし！　行くわよ、奈々ちゃん！」

「はいっ！」

バドミントンのサーブはテニスほどダイナミックなものではない。しかし同じレベルでの駆《か》け引《ひ》きは存在している。佳苗はこれまでのゆりかと早苗の動きを参考に、ややゆりか寄りにサーブを打った。守備範囲《はんい》は早苗の方がやや広いので、その位置が恐《おそ》らく守備範囲の境界線になっている。そこへ落とせば二人が一瞬《いっしゅん》迷う。それが狙いだった。

「ゆりか、あんたが取って！」

「はいっ！」

ナナの動きを警戒《けいかい》していた早苗は素早くゆりかに指示を出し、自身は相手のリターンに備える。ゆりかは既にナナの魔法への対策を済ませているので、ここで魔法を使われても問題はなかった。

「流石に色々攻《せ》め手《て》が塞《ふさ》がれて来たわね!!　どうするの!?」

「考えがあります！　しばらくこのままで！」

それからしばらくラリーが続いた。お互いに魔法や霊能力での小技《こわざ》が挟まる事はあったが、既に双方が攻撃《こうげき》パターンを理解し始めていたので、それだけでは決定打にはならなかった。こうなると純粋《じゅんすい》なバドミントンの技量が問題になって来る。ミスした方が負ける。その事実が、四人の緊張感を高めていった。

「あぁぁあぁぁあっ、私こういうの苦手ですぅ！」

「踏《ふ》ん張れゆりかっ！　もうちょっとで勝てるんだからっ、根性出して！」

「面白くなってきた！　やはり勝負はこうでないと！」

「佳苗さんっ、行きます！」

そして四人の緊張感が限界まで高まった、その時だった。ナナは自分でシャトルを打ち返した直後、素早く印を結び、呪文《じゅもん》を詠唱《えいしょう》。最後の勝負に出た。

ボンッ
「早苗ちゃんっ、あれっ!!」

「ママが二人!?」

一瞬二人の視線がシャトルに奪《うば》われたその時、ナナの姿が佳苗のそれに変わった。変身したかそれとも幻影を被せたのか、それは分からなかったが、それが何の意味を持つのかは早苗とゆりかにも分かる。区別が付かないようにしてしまえば、見た目から攻撃手段を類推する事が出来なくなる。ナナが佳苗の姿のまま魔法を使ってきたら厄介《やっかい》だった。

「ゆりかっ、魔法吹《ふ》き飛ばして！」

「はいっ！」

スパンッ
シャトルが飛んだ先は、守備範囲としてはややゆりか側。だが早苗は多少無理をしてシャトルに食らい付き、打ち返した。それはゆりかにナナの魔法を破る時間を与《あた》える為だった。だが、それこそがナナの狙いだった。

「クイックキャスト・アンチマジックフィールド!!」

ボンッ

ゆりかの魔法がナナの魔法を掻き消す。その瞬間、驚《おどろ》くべき事が起こった。予想通り、一人目の佳苗はナナに戻った。だが二人目の佳苗は消滅《しょうめつ》した。二人目には何も起こらない筈だったのに。そして同時に、ネットのすぐ傍《そば》にもう一人の佳苗が出現する。彼女は既《すで》にジャンプ中で、スマッシュの体勢にあった。

「ママ⁉　しまったぁあああぁぁぁあぁぁあっ⁉」

「か、佳苗さんっ⁉　なんでぇ⁉」

ナナの魔法は一つではなかった。透明化《とうめいか》と幻影の二つだったのだ。佳苗を消し、同時に幻影で二人の佳苗を作る。そうする事でナナが佳苗に変身しただけだと誤認《ごにん》させ、佳苗を完全にフリーに出来る。比較的単純なトリックではあるが、緊張を強《し》いられて追い詰《つ》められた精神状態と、どうしてもシャトルに注目しなければいけないタイミングでは、気付くのは難しいだろう。天才魔法少女レインボゥナナ、その天才ぶりは一線を退いた今でも健在だった。

「だぁあぁあらっしゃあぁあぁあぁあぁあっ!!」

ズバァンッ

佳苗が前に出ていた分だけ、通常よりもスマッシュのタイミングが早い。しかも完全フリー、勝利をもぎ取る為の全力の一撃。幾ら早苗やゆりかがフルパワーで霊力や魔法を使っても、これには流石に対応出来ない。シャトルははっきりとそれと分かるほどに唸りを上げて飛び、早苗とゆりかの足元へめり込んだ。

試合が終わっても、早苗とゆりかはラケットを手に練習を続けていた。負けず嫌いの早苗は再戦を誓《ちか》い、早くも特訓に入った。ゆりかの方は負けず嫌いという訳ではなかったのだが、その相手がナナと佳苗となれば事情は変わって来る。強い自分を見せて安心させたいという思いがゆりかの背中を押《お》し、早苗と一緒《いっしょ》に特訓する事に決めたのだった。

『一つ分かったのは、ママ達はちょー強いって事』

『ああいう風になれればぁ、大体の問題は解決出来るんですねぇ』

『でもゴールは見えた！　頑張ればきっとなんとかなる！　次は勝つぞ！』

『おー！』

そして勝った方の二人はというと、東本願家の応接間の大きな窓から、ゆりかと早苗の様子を眺《なが》めていた。二人は試合が終わった後、休憩《きゅうけい》の為にここへやってきたのだった。

「元気ねぇ……まだやるみたいよ」

「一番元気な時期ですから」

二人はお茶を飲みながら、なおもラケットを振り続ける早苗とゆりかの様子を眺める。今の佳苗とナナには早苗達ほどの元気はない。佳苗は年齢的《ねんれいてき》に仕方ないし、ナナの方はかつて負った大怪我《おおけが》のせいで魔法を使い続ける体力がない。この辺りが限界だった。

「あの元気は脅威《きょうい》よ。実際、さっきの試合だって危なかったじゃない？」

「早苗ちゃんとゆりかちゃん、現役組《げんえきぐみ》の力は急激に伸《の》びていますからね」

「それに多分、お友達が遊びに来ていて、あの二人を応援《おうえん》していたら……勝ったのはきっと向こうよ」

「確かに。あの二人は自分の為だけに頑張るのは苦手ですから」

二人は試合には勝ったが、その実力の差はそれほど大きくはないと感じていた。試合の条件が変われば、あるいはしばらく後にもう一試合やれば、きっと勝つのはゆりかと早苗だろう。二人はそう思っていた。

「これは引退して正解だったかもしれないわね」

「はい。出しゃばり過ぎずに後進に任せるのも、先代の務めだと思います」

世代交代の時期が来た――――弟子や娘が強くなったのはとても嬉しい事である反面、それはとても寂《さび》しい事でもあった。ナナと佳苗が衰え、実務に耐《た》えられなくなった。あるいはコンビの価値が薄れた。自分達の価値が下がった事を認めなければならないのは重々分かっているのだが、それでも二人で駆け抜けた日々は胸の中で色褪《いろあ》せてくれない。あともう少しだけ、それを願わずにはいられないのは、二人の繋《つな》がりが深いからこそなのだろう。

「………出しゃばり、過ぎずに………」

ナナは窓の外の二人をじっと見つめる。ナナの中にあるきらきら光っている想《おも》い出《で》を、ゆりかと早苗は今まさに体験している。やはり少しだけ、寂しかった。

「まだよ、奈々ちゃん。完全に引っ込んじゃうのはまだ早いわ」

だが佳苗はナナとは少しだけ違《ちが》う視点を持っていた。昔を懐《なつ》かしんで暮らすにはまだ早い。自分達にもやれる事はある、そう思っていたのだ。

「佳苗さん………？」

「奈々ちゃん、一線を退いたって言っても、戦いだけでしょう？」

「ええ、まあ。これからは交渉《こうしょう》や調整が仕事になりそうです」

「だったら、何年かぶりにコンビ復活といきましょうよ」

「えっ？」

「内向きの仕事なら、私は間違《まちが》いなく奈々ちゃんより得意よ？」

ナナの今後はこれまでの経験を買われて、様々な勢力との交渉役《こうしょうやく》やアドバイザーなどを務めていく事になる。そして佳苗は神社の宮司《ぐうじ》の妻として、そういう仕事をずっとやって来ている。まだまだナナの力になれるし、この分野なら早苗やゆりかを圧倒《あっとう》している。まだ最前線で活躍《かつやく》出来る筈だった。

「良いんですか？」

「ええ。もうダークネスレインボゥに襲われる心配はなくなったし、早苗も手がかからなくなったし。それにね、シャクでしょ。若い二人に任せっきりっていうのも」

「佳苗さん………」

佳苗の提案は魅力的《みりょくてき》だった。戦い方こそ変わるが、また二人で協力して平和を守る為に戦う事が出来る。あのきらきらした日々が、戻《もど》ってくるのだ。しかしその反面、佳苗を多少危険に巻き込んでしまうという問題もあった。だから真面目なナナは軽く眉《まゆ》を寄せて考え込んだ。

「で、どう？」

「……お願いします」

最終的にナナは佳苗の提案を受け入れた。内向きの仕事が主になるので、危険はかつてよりずっと少ない。危険が迫《せま》っても、ナナが自分で守ればいい。機械の身体《からだ》の力はあまり長続きしないが、それぐらいならきっと出来る筈だった。そしてやはり、佳苗と一緒に働く事の誘惑《ゆうわく》には逆らえなかった。ナナは佳苗が大好きだったから。

「今日は妙に素直《すなお》ねぇ」

「素直な方が良い時もある、あの二人から教わりました」

「……悪いコトは教わらないでね？」

「ハイ！　ふふふ………」

こうして魔法少女レインボゥナナと、神速の剛弓《ごうきゅう》・東本願佳苗のコンビは復活する事となった。かつてとは違って表立った仕事ではないので、これからの二人の活躍が長く語《かた》り継《つ》がれるというような事はないだろう。しかし二人にとってはそれで構わない。二人のきらきらと輝《かがや》く日々が、何年かぶりに戻って来るのだから。

Episode4 出発間近！　荷造りする者達！

数日後にフォルトーゼ行きを控《ひか》え、一〇六号室の住人達は混乱の極《きわ》みという様相を呈していた。それというのも長旅になるので、その準備に追われていたのだ。既に必要な手続きは終わっていたが、持っていく荷物の選別や、行く前にやっておかねばならない事が多く、殆どの者がそうした作業に追われていた。

「じゃあ、お菓子《かし》の買い出しは、あたし達早苗《さなえ》ちゃんズで担当するよ」

「早苗ちゃん、買い出しの前に私のお手伝いをお願いしていい？」

「代わりに静香《しずか》もこっちの荷物持ちしてくれるなら良いよ」

「それで良いわ、ありがとう！」

「クラン殿《どの》、合同訓練は予定通りに行われると通達が来ている」

「そこは流石に外せませんわね。パルドムシーハ、ユリカ、よろしくて？」

「準備をしておきます」

「頑張りますぅ」

「私はごろすけのペットフードや何かを補充《ほじゅう》しておかないといけません」

「わらわも一緒に行くぞ。わらわは自転車のパーツが欲《ほ》しいのでのう。向こうには無いものじゃから」

「あ、お二人とも、私もそれ一緒に行っていいですか？　私はちょっと、今のままの服で大丈夫《だいじょうぶ》か心配で……ティアミリスさん、式典とかあるんですよね？」

「うむ。そなたは制服で――――おっと、既にハルミは高校を卒業しておったな」

「だから真希《まき》さんとティアミリスさんに相談に乗って貰えればと思いまして」

今はその為の会議の真っ最中だった。六畳間の少女達《たち》にはやっておかねばならない事が沢山《たくさん》あり、手分けしてその対応に当たる事になっていた。ナルファと琴理《ことり》も一〇五号室側で何かをやっている。その辺の事情は彼女《かのじょ》達も同じだ。暇《ひま》だったのは孝太郎《こうたろう》と賢治《けんじ》の二人だけだった。

「やっぱりなんだかんだで、みんな女の子だよな。遠出には準備が多い」

部屋の天井《てんじょう》に座《すわ》って――――クランの発明品の力で――――邪魔《じゃま》にならないようにしていた賢治がしみじみとそう呟《つぶや》く。するとその隣《となり》で同じようにしていた孝太郎が、賢治の呟きに反応した。

「準備というか、仕事が多いだけのような気がするが。みんな有能で替えが利《き》かない」

「それはなんとも情けない話だな」

「まあな、暇な俺《おれ》達は無能って事だからな」

「うみゃあ〜〜」

そんな時、いつもは少女達に大人気なのに今日は構って貰えないごろすけが、孝太郎の膝《ひざ》によじ登ってくる。ごろすけは既に重力が操《あやつ》られた家庭環境《かんきょう》に慣れており、軽いステップで壁《かべ》を蹴《け》り、天井までやってきていた。そんなごろすけに気付いた孝太郎は微笑む。

「そうだなごろすけ。お前と同じだ」

孝太郎は既にフォルトーゼ行きの準備を済ませていた。以前使っていた野球の遠征《えんせい》用の大きめのバックパックに、必要なものは全て詰め込《こ》まれている。孝太郎はそもそも荷物がそれ程《ほど》多くなく、また過去のフォルトーゼでは移動しながら戦っていた関係で荷物をまとめる事に慣れている。少女達に先んじて準備が済んでいるのはそのせいであり、そしてごろすけ同様に暇だった。

「そんな事よりな、コウ」

「ん？」

「うみゃ？」

「助けてくれ！」

「なんだよいきなり!?」

いつの間にか賢治はその両目を涙《なみだ》で潤《うる》ませていた。こう見えて意外と漢気がある賢治なので、こうして他人に涙を見せるのは珍《めずら》しい事だった。

「琴理が許してくれないんだ！　それどころか、まともに口をきいてくれさえしない！　こんな事は初めてだ！　お前の力で何とかしてくれ！」

賢治は孝太郎の両肩《りょうかた》を掴《つか》み、激しく揺さぶる。孝太郎はそれを押し留《とど》めながら、賢治の言葉に答えた。

「そんな事言われても、俺だってあそこまで怒《おこ》っているキンちゃんを見るのは初めてだから、どうしたらいいか全然分からんぞ!?」

賢治の悩《なや》みはこじれてしまった妹との関係だった。以前から燻《くすぶ》っていた問題ではあったのだが、フォルトーゼ行きをきっかけにして大爆発《だいばくはつ》、琴理は完全に賢治に愛想《あいそ》を尽《つ》かした状態だった。

「そんな殺生《せっしょう》な！」

「謝《あやま》るんだマッケンジー、それしかない！」

「……それしかないよな……分かってはいるんだ……分かっては……」

賢治は天井に置かれたちゃぶ台――孝太郎や賢治、ごろすけと同様に、少女達《たち》の会議の邪魔なので天井に追いやられた――に身体を預けるようにして涙を流す。目に入れても痛くない程に可愛《かわい》がっていた妹なので、この状況は賢治にとって非常に辛《つら》いものだった。

「皆《みな》さん、紅茶が入りましたよー！」

「今日のお菓子はケーキです！　皆さん好きなケーキを、どれか一つだけ食べて良いですよー！」

そんな時だった。問題の琴理が六畳間に姿を現した。一〇五号室に居た彼女《かのじょ》は壁の穴を潜《くぐ》り、お盆《ぼん》を抱《かか》えて現れた。そのすぐ後ろにはナルファの姿もある。忙《いそが》しくしている少女達の為に、琴理とナルファは休憩用のお茶の用意をしてくれたのだった。

『やったー！』

声と両腕《りょううで》を上げて喜んだのは三人の早苗とゆりかだけだったが、他の者達もそそくさと会議用に運《はこ》び込んでいたテーブルの上を片付け始める。彼女達もやはり、甘《あま》い物は大歓迎《だいかんげい》なのだ。琴理とナルファはそんな少女達の前に紅茶のカップとケーキのお皿を並べていった。

「コウ兄さん、紅茶をどうぞ」

少女達にケーキと紅茶を配り終えた後、琴理とナルファは天井に座っている孝太郎と賢治のところにもやってきた。

「マッケンジー、キンちゃんがお茶を淹《い》れてくれたぞ」

孝太郎はそう言いながら賢治を軽く肘《ひじ》でつっつく。琴理との関係改善を図《はか》れ――――肘でつついたのはそういう合図だった。

「おっ、そっ、そうかっ」

孝太郎との付き合いが長い賢治なので、肘の合図が何を意味しているのかをすぐに察して琴理の方に向き直る。そして琴理に何かを言おうとした、のだが。

「…………そのゲジゲジに飲ませるようなものは何もありません」

琴理は辛辣《しんらつ》だった。その目つきは凍《い》てつく氷のように寒々しく、言葉には灼熱《しゃくねつ》の炎《ほのお》が宿っている。非常に強い拒絶《きょぜつ》の意思。やはり琴理には、ナルファや孝太郎達の安全よりも、自分のデートを優先しようとした賢治を許す事が出来なかった。

「あ、あのさ、キンちゃんが怒るのも分かるけど、そうやっていつも怒っていたらキンちゃんの方が感じが悪く見えるぞ。他人の目があるところでは、なるべく穏便《おんびん》にな」

「あっ、えっと…………うう、ごめんなさいコウ兄さん」

だが孝太郎が――――多少ビビりながら――――声をかけると、琴理から氷と炎の気配が消

えていく。琴理は賢治を拒絶しても、その感情を周りの人間にぶつける気はない。元々温和で優しい少女なのだ。その分、道を誤った者には厳しかった訳だが。

「俺はいつもの優しくて可愛いキンちゃんが好きだよ」

「そうなるように、気を付けます」

「それにしても……キンちゃんは昔から思《おも》い込むと周りが見えなくなるよな」

「やめて下さい、執念深《しゅうねんぶか》い女みたいに言うのっ」

「わっはっはっはっ」

そうやって孝太郎が笑った頃《ころ》には、琴理は普段《ふだん》の彼女に戻っていた。確かに孝太郎が言うように、普段の彼女は可愛らしい少女だった。

――助かったぞコウ、お前ならやってくれると信じていた!

そんな孝太郎に向かって賢治が手を合わせていたのは御愛嬌《ごあいきょう》だ。その動きにキリハだけが気付いていたが、軽く首を傾《かし》げて何かを考えた後、何も言わずにお茶を一口飲んだ。

「ふふふ」

琴理の隣で成り行きを見守っていたナルファが小さく微笑《ほほえ》む。落ち着きを取り戻した琴理は、その小鳥が囁《ささや》くような笑い声に気付いた。

「どうしたの、ナルちゃん?」

「コトリとコータロー様は本当に兄妹《きょうだい》みたいだなぁと思って」

ナルファにも兄がいる。時々意見がぶつかる事もあるが、お互《たが》いに大切に思っていて、二人でいるといつも笑顔《えがお》が絶えない。今の琴理と孝太郎を見ていて、そんな自分と兄の事を思い出したナルファだった。

「このあいだ本当の妹になったから」

すると琴理は我《わ》が意を得たりと大きく頷《うなず》いた。実の兄は道を誤ったが、幸いな事に琴理にはまだ兄も同然と仰《あお》ぐ孝太郎がいる。だから琴理は孝太郎を真の兄だと思う事にした。そうする事で心の平穏《へいおん》を得た琴理だった。

「ことりぃぃぃぃっ！」

それは賢治への絶縁《ぜつえん》宣言でもある。兄としての立場を完全に失ったと悟《さと》った賢治。その絶望と苦悩《くのう》の叫《さけ》びは多くの者の心を打った。打ったのだが、自業自得《じごうじとく》だなと、誰もが納得《なっとく》した。

「それはそうとお前、ちゃんとフォルトーゼ行きの準備はしてんのか？」

「………本当に俺も行かなきゃ駄目か？」

完全に打ちのめされた賢治は、虚《うつ》ろな目で孝太郎を見る。もはや全てがどうでも良い事だ、その瞳はそう言っているかのようだった。

「マッケンジー、お前のそういう当事者意識のなさに、キンちゃんは怒ってるんだぞ？　お前は自分が思ってるよりも重要人物なんだ」

「コウがいきなり伝説の英雄《えいゆう》になったりするからだろ。半年前と状況が違い過ぎてついていけないいんだよ」

この時の賢治の言葉を聞いて、孝太郎は確かにそうかもしれないと思った。賢治は本来なら無関係な事件に巻き込まれている。しかも周囲の状況の激変は、一人の少年があっさりと受け入れられるようなものではない。琴理のように最近出来た異星人の親友の命が危ないというのであればともかく、昔から一緒に馬鹿をやってきた孝太郎が急に伝説の英雄になってしまったというのは理解が追い付かなくても仕方がないかもしれない。孝太郎と少女達のように、時間をかけて少しずつ変化を受け入れていったのとは違うのだ。

「ＵＦＯに乗ってフォルトーゼ行きかぁ……正直、何が何やら……」

「抵抗《ていこう》は無意味じゃぞ。いざとなれば強制的に連れて行くからの」

「あぶだくしょんだ！」

「本気のＵＦＯ事件って事ですねぇ！」

早苗が目を輝かせる。その隣にいたゆりかも同様だった。アブダクションとは、ＵＦＯに乗った異星人が、調査目的で地球の人間を連れ去るような事件を指す。調査目的でこそないが、ティアが賢治を連れ去るのはそれに類する事件と言えなくもないだろう。早苗もゆりかもこの手の話題は大好物だった。

「きゃとるみゅーてぃれーしょんは？」

「お前、どうでもいい英語は良く知ってるなあ」

「えへへへっ」

英語の覚えはそれほど良くない早苗だが、時々覚えた英語を使いたがる。ＵＦＯ関連の単語はそうした例の一つだった。

「そうじゃそうじゃ、マッケンジーが言うた『いきなり伝説の英雄』という言葉で思い出したがのう、わらわはごろすけがフォルトーゼでいきなりスターになると思うておる」

「うみゃ？」

不意に自分の名前が呼ばれたので、ごろすけは反射的にティアの方を見た。そして不思議そうに首を傾げる。人間の言葉はまだ完全には理解出来ていないごろすけだった。

「なんでだ？」

孝太郎も首を傾げる。孝太郎の場合は言葉が理解できていればこそだった。

「ごろすけはナルファの動画にしばしば映るじゃろう？　じゃからあっちの者達がごろすけに興味津々《きょうみしんしん》なのじゃ。あの愛らしい生き物は何なのかと」

基本的にフォルトーゼの人々は地球にある物や、住んでいる生き物に興味がある。それはしばらくぶりの異星人との遭遇《そうぐう》であり、そして青騎士《あおきし》の故郷でもあるからだった。

「フォルトーゼにも猫《ねこ》はいるだろ？」

「それはそうなのじゃが、このハチワレという種類の猫はおらぬ。それにそなたと同居しているプレミアム感もあるからのう」

「そういう状況でコイツがフォルトーゼ上陸って訳か……お前、覚悟《かくご》しておいた方が良いぞ？」

「なう？」

「あいつら何でもお祭り騒《さわ》ぎにしちまうんだ」

「うみゃっ！」

孝太郎に話しかけられた事を遊んで貰えるらしいと解釈《かいしゃく》したごろすけは、自分の前足で孝太郎の指に掴まったり放したりを繰《く》り返す。そうやって人間を遊びに誘《さそ》うのはごろすけの得意技《とくい》だ。実際その試みは上手《うま》くいき、孝太郎はごろすけを捕《つか》まえたり撫《な》でてやったりと、ごろすけの期待に応《こた》えてやっていた。

「良かったわね、ごろすけ。里見《さとみ》君に遊んで貰えて」

「なうっ、みゃみゃっ！」

ごろすけは真希の声を聞くと、器用に壁を経由しながら孝太郎と真希の間を行ったり来たりし始める。やはり飼い主の真希は別格なのか、その動きはこれまでよりずっと躍動感《やくどう》が大きかった。それはナルファが思わずカメラを回し始める程だった。

「おやかたさま、エルファリア陛下も猫はお好きだった筈です」

「エルか……直接会うのはしばらくぶりだな」

エルファリアの名前が出た瞬間《しゅんかん》、孝太郎の意識が彼女の方に向く。孝太郎の興味が自分から離《はな》れたと悟ったごろすけは、孝太郎の膝を爪《つめ》で軽くカリカリと引っ掻き始めた。

「分かった分かった、ちゃんと遊ぶから」

「みゃみゃ」

孝太郎の興味が自分に戻って来たと感じたごろすけは、孝太郎に撫でられながら、その膝に身体をこすりつけ始めた。ティアはそんな孝太郎とごろすけの姿を眺めながら目を細める。彼女はごろすけがスターになるという自分の見込《みこ》みは正しいと感じていた。

「………なんだかんだ言うて、そなた母上と会うのが楽しみか？」

そしてティアは孝太郎とごろすけの関係だけでなく、孝太郎とエルファリアの関係にも興味があった。以前から不思議な関係だと思っていたのだ。

「強烈《きょうれつ》な奴《やつ》だけど、友達だからな。現代に戻ったら皇帝《こうてい》になっててびっくりしたけど」

「わたくしが事前に教えて差し上げましたでしょう？」

「そうなんだけど、あの時会った面白《おもしろ》おかしい女の子と、銀河の半分を統《す》べる超大国《ちょうたいこく》の皇帝陛下はなかなか頭の中では結び付かないんだよ。流石《さすが》に今はもう慣れたけどさ」

賢治が孝太郎に感じたものと同じで、孝太郎はエルファリアが皇帝になった事にしばらく馴染《なじ》めなかった。幸いと言っていいか分からないが、クーデターのせいでエルファリアが一時的に皇帝ではなくなっていたおかげでその感情はあまり表面化しなかった。それでも孝太郎の頭の中で二十年前の世界で出逢《であ》った少女と、銀河の半分を統べる皇帝がなかなか一つにならなかったのは紛《まぎ》れもない事実だ。実際、孝太郎は今もかつての彼女の印象に引き摺《ず》られて接しているのは確かだった。

「……………」

そんな話の合間に孝太郎は紅茶を一口飲む。すると孝太郎の視線が手の中の紅茶のカップに注がれた。この鼻に抜《ぬ》ける独特の風味は、フォルトーゼで人気のルブストリという品種の茶葉だ。一時は絶滅《ぜつめつ》したと言われていた品種だが、十数年前から市場に出回り始め、今では紅茶の定番品種となっていた。そしてこの品種はエルファリアも愛飲していた。

「コータロー様、紅茶がどうかしましたか？　まさか、変な味がしたとか？」

この紅茶を淹れたのはナルファだ。孝太郎がじっとカップを見ていたので、自分が淹れるのを失敗したのではないかと心配になったのだ。そんなナルファに、孝太郎は笑顔で首を横に振《ふ》った。

「その逆だよ。ルブストリは淹れるのが少し難しいだろう？　なのに美味《おい》しかったから、大したもんだと思っていたんだ」

「ああよかった。実は沢山練習したんです」

「そうだったのか。道理で」

「良かったわね、ナルちゃん！　二人で沢山飲んだ甲斐《かい》があったわ！」

「はいっ！」

ナルファも安堵《あんど》と喜びの笑みを浮《う》かべる。孝太郎がルブストリの紅茶が好きだと知ったナルファは、淹れられるようになろうと猛練習《もうれんしゅう》を開始。それは琴理と二人で何十杯《はい》と紅茶を飲んで、ようやく辿《たど》り着いた納得の味だった。

「そうだな……うん、そうしよう」

「コータロー様？」

「俺もちょっと買い物に行く事にしたんだ」

「そうでしたか」

そして孝太郎も、この一件で自分にも準備するものがあると気が付いた。ちょっとした事ではあるのだが、きっと気に入って貰えるだろうと思う孝太郎だった。

フォルトーゼ行きを目前に控えた、ある晴れた日の午後。ティアと真希、晴海《はるみ》の三人は連れ立って駅前に足を運んでいた。目的は買い物なのだが、商店街よりも駅前の方に彼女らが行きたい店が集中していた。大まかには老舗《しにせ》ではなく、比較的《ひかくてき》最近出来た店に用がある、と言う事が出来るだろう。

「ティアさんは何をお求めなのですか？」

「うなー」

真面目な真希なので、ティア相手だと若干《じゃっかん》言葉が硬《かた》めになる。その逆に彼女が抱えているキャリーバッグの中にいるごろすけは、ティアが相手でも普段通りだった。

「自転車の消耗品《しょうもうひん》をある程度揃《そろ》えておこうと思うての」

先頭を行くティアは顔だけ振り返り、後続の真希にそう答えた。すると真希の隣にいた晴海が軽く首を傾げた。

「フォルトーゼにも自転車はあるんじゃないんですか？」

「あるにはあるのじゃが、こっちの自転車には向こうのパーツが使えないのじゃ」

「ああ、こっちの自転車を持って帰るのですね」

晴海はようやく分かったとばかりに大きく首を縦に振った。ティアは日本で買った自転車をフォルトーゼに持って帰ろうとしていた。だがフォルトーゼでは日本の自転車のパーツが手に入る筈《はず》もないので、消耗し易《やす》いものをあらかじめ買っておこうと考えたのだ。

「買いたいのは主に、タイヤのチューブやチェーン、ブレーキや変速機のワイヤーなんかじゃな。力がかかったりこすれたりする部分が消耗し易い」

「確かにこっちの自転車だけを持ち帰って、何日目かで即《そく》チェーンが切れた、なんて目も当てられませんね」

「みゃ」

真希もよく分かったという様子で首を縦に振る。ごろすけは話の意味が分かっていなかったが、ティアと真希が楽しそうにしているので、それで良いと思っていた。

駅前には自転車販売《はんばい》の大型店舗《てんぽ》がある。そこでは自分で自転車のメンテナンスをする人間の為《ため》に、様々なパーツが売られている。用途《ようと》に合わせてジャンル分けして陳列《ちんれつ》されているのだが、これまで晴海は自転車とは無縁《むえん》だったので、それらが一体何に使われるのか見当もつかない。分かるのはそれこそタイヤのチューブくらいのものだった。

「……これは一体なんでしょう？」

晴海は沢山のタイヤの隣に陳列されていた小さなプラスチックの小袋《こぶくろ》を手にして首を傾げていた。小袋の中には小さな金属の棒状のパーツと、それに付ける樹脂《じゅし》製《せい》のキャップ、そしてゴム製の筒状《とうじょう》の何かが入っている。それが何なのか、自転車のどこに使われるのか、全く想像できなかった。

「ああ、それは虫ゴムといって、タイヤの空気を入れるところの逆流防止弁です」

そんな晴海の誰《だれ》にともつかない呟きに気付いた真希が晴海の手元を覗《のぞ》き込み、その悩みから解放してやる。すると晴海は真希に微笑みかけた。

「言われてみれば確かに、自転車のタイヤに空気を入れる時に、この先端《せんたん》のねじねじ部分を見たような気がします」

「空気を入れた事はあるんですね？」

「あははは、はいっ」

日常的に使うものとはいえ、やはり普通《ふつう》の女の子は自転車のパーツに関する知識は乏《とぼ》しい。真希はたまたま使っている自転車のタイヤから空気が抜けて、虫ゴムの交換《こうかん》をしたことがあったので、そこまでの知識があるに過ぎない。その先はどちらかというとスポーツとして自転車を楽しんでいる人間の領域になってくるので、スポーツ好きのティア以外には分からなくても仕方のない事だろう。そのティアは店に入った時からその大きな瞳《ひとみ》をキラキラと輝かせ、棚《たな》から棚へと行ったり来たりしていた。

「それでも、この辺のバッグとかは分かります。もうちょっと可愛いのがあったら、私の自転車にも付けたいんですけれど」

晴海にも分かるものが、自転車用のバッグだ。自分で身に付けるものから、自転車に固定して使うものまで豊富な種類がある。惜《お》しいのは晴海好みの可愛らしいデザインのものが少ない事。おかげで購入《こうにゅう》するところまではいかない晴海だった。

「それはスポーツ用品や軍需品《ぐんじゅひん》の常じゃの」

そこへ買い物カゴを抱えたティアが戻ってきた。

「天候や環境が読めない場所で使うものじゃから、デザインよりも強度や性能が重視されるという訳じゃ」

「そういえば雨の中だったり山の中だったり、過酷《かこく》なレースをしておられますよね」

「うむ、そういう事じゃ」

最近は改善傾向《けいこう》ではあるが、やはりロードレーサーやマウンテンバイクに使う事を想定すると、その走行状況《じょうきょう》に引っ張られて派手なデザインにはなりにくい。晴海好みのバッグが少ないのはそういった事情からだった。

「おかえりなさい、ティアさん。もうおしまいですか?」

真希はティアのカゴを覗き込んでそう判断する。カゴの中身は既にパーツでいっぱいになっていたのだ。

「いや、もうちょっとだけ」

ティアが戻って来たのは終わったからではなく、新しいカゴとカートを取りに来たからなのだった。

店中を行ったり来たりしていたティアだったが、その最後の最後でぴたりと動きが止まった。ティアがじっとしている事に気付いた晴海と真希は、不思議に思って彼女の所へ近付いて行った。

「うぬぬぬぬ………」

ティアはとある棚の前で腕組《うでぐ》みをして、棚に並んでいる品々とにらめっこをしている。彼女が見ている商品はサドル。自転車に乗る時に座る部分だった。

「どうかしましたか、ティアミリスさん」

「……見栄《みえ》を張ったのが裏目に出たのじゃ」

「見栄、ですか？」

ティアの言葉に、晴海と真希は顔を見合わせる。するとティアは渋々《しぶしぶ》といった調子で理由を話し始めた。

「かいつまんで話すと……自転車の車体を選ぶ時に、少し大き目のを選んだ。流石に子供サイズの自転車は買えぬ」

ティアは悔《くや》しそうだった。身体のサイズに合わせると子供用。だがプライドの高い彼女はそれでは納得できず、その一つ上のサイズ、大人向けの最小サイズを買ったのだ。

「しかし認めたくはないが、わらわは脚《あし》が短い。少しでもサドルを薄《うす》いものにして、地面に足が付くようにしたいのじゃ」

問題はティアの体格だった。今の自転車は、サドルの位置を目《め》一杯《いっぱい》下げても、またがった時にギリギリのつま先立ちになる。ティアの脚が短いので、足が殆《ほとん》ど地面に届かないのだ。それがティアが言う『見栄を張ったのが裏目に出た』という言葉の意味だった。

「じゃがここには薄いタイプがそう多くない。デザインの選択肢《せんたくし》が狭《せば》まって、困っておったのじゃ。デザインを取ってつま先立ちで我慢《がまん》するか、薄さを取って乗りやすくするか。先程《さきほど》のハルミのバッグの好みと似たようなものじゃな」

「そういう事でしたか。急に動きが止まったのでどうかなさったのかと思いましたが、大した事が無くて良かったです」

晴海は安心した様子で笑顔を作った。だが対するティアは仏頂面《ぶっちょうづら》だった。

「大した事があるぞ。脚の長さは、わらわにとっては重大な問題じゃ」

「ティアミリスさんの身長からすると、むしろ長い方では」

「それは結局、背が小さいという意味じゃからのう」

ティアの可愛らしい悩み、身長と脚の問題。周囲の人間は可愛くていいだろうにと思う訳だが、長年この悩みと付き合ってきたティアにとっては、非常に重大かつ苦痛を伴《ともな》う問題だった。そんなティアに真っ向から反対意見を叩《たた》き付けたのは、意外にもいつもあまり対立するような意見を口にしない真希だった。

「私はその身長になりたいです」

「マキ、そなたには現実が分かっておらぬ！　子供用がジャストサイズだった時の悲しみを、そなたは分かっておらぬのじゃ！」

「そうかもしれません。でも里見君が軽々と抱《だ》き上げられるのはティアさんだけです」

動力付きの鎧《よろい》を着ていればともかく、体力自慢《じまん》の孝太郎であっても人間一人を抱き上げているのは重労働だ。だがティア程に身体が小さければ、孝太郎であればある程度の時間は抱いていられる。真希はそれを常々羨《うらや》ましいと思っていたのだ。

「それに、その体格差なら抱き締《し》めて貰《もら》った時に包まれてる感が凄《すご》いと思うんです」

そしてもう一つ羨ましいと思っていたのが、きっと孝太郎に抱き締めて貰えば、ティアだけは間違いなく孝太郎の腕《うで》の中に完璧《かんぺき》に収まるであろうという事だった。身体が大人の女性として完成しつつある真希では、残念ながらそうならない。ティアの身体の小ささは真希にとって羨ましいものだった。出来れば代わって欲しいくらいに。

「軽々………体格差………？」

ティアは小さくそう呟くと一旦沈黙《いったんちんもく》する。それから十数秒の時間をおいて、ゆっくりとその顔が赤く染まっていく。ティアには真希が言うような事の経験があったのだ。

「ま、まぁ、そういう事も無《な》きにしも非《あら》ずというか、何というか………」

「やっぱり、あるんですねそういう事」

真希は笑う。だが真希にしては珍しく、その顔が僅《わず》かに赤い。まともに想像してしまったのだ。小さな自分が、孝太郎にしっかりと抱き締めて貰う姿を。

「いいなぁ、ティアミリスさんばっかり…………」

逆にちょっと膨《ふく》れっ面《つら》なのは晴海だ。ティアは感情を身体ごと孝太郎にぶつける傾向がある。しばらく離れていて再会した時には身体ごと飛び込んでいったし、格闘技《かくとうぎ》で遊んでいる時も身体ごと飛んでいく技が多いし、孝太郎を起こす時にも鮮《あざ》やかなボディプレスを披露《ひろう》する。つまり日常的に孝太郎に抱き締められる機会があるのだ。それはどれも晴海には難しい。だから晴海はティアが羨ましくて仕方がなかった。

ティアの買い物の後、三人の間にはしばらく奇妙《きみょう》な空気が漂《ただよ》っていた。やはり彼女達も年頃《としごろ》の少女達だ。どうしてもそういう部分には敏感《びんかん》にならざるを得ない。だがカフェで昼食と休憩《きゅうけい》を終えた頃には、普段の彼女達に戻っていた。

「………服を買うと言うておったな?」

「はい。服とか、小物とか、ちょっとした化粧品《けしょうひん》とか」

次は晴海の買い物だった。晴海の買い物は主に服で、この日は思い切って何着か買う予定だった。

「桜庭《さくらば》さんはいつもお洒落《しやれ》な印象がありますけれど」

真希には新しい服が欲しいという晴海の意図が分からなかった。晴海はいつもシンプルながらお洒落な服装をしている。九人の少女達の中では、そういう部分は晴海が飛び抜けて優《すぐ》れているのだ。少し大人っぽ過ぎる雰囲気《ふんいき》になってしまうキリハや、流行に流されがちな静香がそれに続く格好だ。だから真希には、晴海がこのタイミングで新しく服が必要とは思えなかった。フォルトーゼの人々は晴海が普段どんな格好をしているかを知らないので、わざわざ新しい格好をする意味もない。真希はむしろ、自分やゆりかにこそ新しい服が必要なのではないかと考えていた。

「別の星、別の国を訪問する訳ですから、現地の人々が私達を見た時の印象は、そのまま地球や日本の人に対する印象になります。その時、少なくとも最年長の私がしっかりした格好をしていれば体裁《ていさい》は整いますから」

晴海が服を欲しがったのは、地球人と日本人の印象を良くしようという、非常に真面目な理由からだった。つまりある程度真面目な場面で通用する服が欲しいという事になる。最年長の晴海が代表して挨拶《あいさつ》をする場面などが想定されるからだった。

「流石はハルミ、他の者達が気付かないでいた事に対応しようとしてくれておったのじゃな」

「でも桜庭さん、それなら里見君の騎士団《きしだん》の制服で良いんじゃありませんか？」

孝太郎は一応自分の騎士団を持っている。公式には少女達はそこに所属している事になっているので、騎士団の制服を持っている。真希はそれを着ていれば問題はないのではないかと考えていた。

「あれはフォルトーゼ側の格好になってしまいますし、印象が堅過ぎます。もう少し民間寄りの印象が欲しいんです」

例えば宿泊《しゅくはく》するホテルの従業員に挨拶をする時などに、騎士団の制服は重過ぎる。かといって普段の私服では軽過ぎる。だから晴海は、その中間にあるような服が必要だと考えていたのだった。

「なるほどのう……言われてみればその通りじゃ」

「もっとも、単純な着替《きが》えも欲しいんですけれど」

「そういう事なら、里見君に来てもらった方が良かったんじゃありませんか？」

用途を思うと、孝太郎の横に立つ前提の服という事でもある。つまり孝太郎の好みや、孝太郎の服装と合わせて考える必要があるだろう。だから真希には、この場所に孝太郎がいた方が、効果的な選択《せんたく》が出来そうに思えたのだ。だがこの真希の指摘《してき》に、晴海は大慌《おおあわ》てで首を横に振った。

「だっ、駄目《だめ》っ、絶対駄目ですっ！」

「何故《なぜ》じゃ？」

「そ、それは………」

晴海は赤い顔で口ごもる。そんな晴海を前に、ティアと真希は一度顔を見合わせ、不思議そうな顔をした。そこで観念した晴海はティアと真希に近付き、その耳に何事かをそっと囁いた。

「………体重が増えたとな⁉」

「ティアミリスさん、しーっ、しーっ！」

「す、すまぬ」

「体型は変わっていないようなんですけど、何故か少しだけ重く………」

「ああ、そういう事でしたか」

真希がようやく分かったと首を縦に振る。同時に軽く目を細めて微笑む。

「どういう事じゃ？」

「桜庭さんは元々身体《からだ》が弱かったですよね？　それが治って、運動量と食べる量が増えれば当然筋肉量が増えますから」

「筋肉は脂肪《しぼう》より重いから、体型が変わらずとも重くなるという事じゃな」

ティアにも事情が飲《の》み込めてくる。スポーツ好きの人間にはありがちな出来事だった。実際、抜群《ばつぐん》の身体能力を持つティアも、同じ身長で同じ体型の人間と比べると少し体重は重いのだ。

「むしろ腰《こし》の辺りは締まっているかもしれませんよ」

「たとえそうであっても、数字として明らかに出てしまうと殊《こと》の外《ほか》ショックで」

晴海は恥《は》ずかしそうに俯《うつむ》く。理屈《りくつ》が正しかろうと、数字として明確に出てしまうと、女の子にとってはショックは大きい。そして服を選んで貰う時には、体型や体重の話は避《さ》けられない。だから晴海は孝太郎に服を選んで貰う事を断念したのだった。

「コータローがそんな事を気にするとは思えんがのう」

「いつも桜庭さんにはもっと太れと言っていましたしね」

「あはは……でも健康になるってこういう事なんだなって実感しています」

そんな訳で晴海は孝太郎ではなく、ティアと真希に相談に乗って貰って、服を選ぶ事にした。晴海は公式の場に出る時用、ちょっとした挨拶用、街を歩く時用等々、状況や用途に合わせて何着かの服を選んでいった。

「こういう時に、桜庭さんがいてくれて良かったなって思います」

「地球側のリーダーを任せられるからのう。悔しいが、リーダーの資質単独ならハルミの方が上じゃろう」

「あんまり持ち上げないで下さい。結局はただの女子大生ですし、それに……次に行こうとしている場所に、行きにくくなります」

「次？」

ティアと真希は再び首を傾げる。この時点で服の買い物は終わっていた。晴海が提示した用途や状況を満たす服は買い揃《そろ》える事が出来た。だから次は無い筈だった。

「こ、こちらへ……」

晴海は何度目かに顔を赤らめると、二人を先導して最後の目的地に案内する。それはショップの奥《おく》側ではあるが、かなりのスペースを取っている売り場だった。

「分かる、分かるぞハルミ、その悩み！」

そこへ辿り着いた瞬間、ティアは晴海の最終目的地がこの場所である意味を理解した。それは確かに当然の事だった。

「確かにこの場所には里見君を連れて来辛いかもしれません」

真希にも分かって来た。晴海はここに孝太郎を連れて来たくなかったのだ。体重や体型が一番問題になるものを売っている場所だから。

「しょ、正直に教えて欲《ほ》しいんですけれど……この先。お二人ともどういう下着を着ますか？　今の為ではなく、これからの私達の将来の為に」

晴海が二人を連れて来たのは下着売り場だった。晴海にとって一番難しかったのが、この下着選びだ。今日二人に相談に乗って欲しかったのは、服選び以上に、この下着選びなのだった。

「……………里見君にドキドキして貰いたいけれど、変態に見えるくらい過激にやってしまいたくはない、ってところでしょうか」

真希は慎重派《しんちょうは》だった。仮に決戦の時が来たとして、孝太郎がドキドキするような下着を着ていたいとは思う。だが相手は真面目な孝太郎なので、やり過ぎると逆効果になりかねない。適切な抑制《よくせい》も必要だというのが真希の考えだった。

「あやつに主導権を握《にぎ》らせねば良いじゃろう。常に攻勢《こうせい》に出ておれば、そなたの下着が問題になる事はあるまい。攻撃《こうげき》は最大の防御《ぼうぎょ》じゃ！」

ティアの考えはやはり攻撃だった。何事にも先手を取りたいティアなので、男女の関係もそういう考え方が強い。時には攻《せ》め込《こ》まれたいとは思うものの、基本的に自分から攻め込みたい。だとしたら下着――――防御や反撃《はんげき》の為の装備はあまり重要ではない、というのがティアの考えだった。

「それはティアミリスさんやキリハさんだけが使える戦術です！　私には難易度が高過ぎ

ますっ！」

　無論、人間関係も防御重視の晴海には使えない手だった。晴海が思い描《えが》く古典的な恋愛《れんあい》観《かん》では、女性は防御側――――受け身であるべしというのが鉄則だった。

「わらわの場合、どちらかというと過激なアウターが必要かもしれぬのう」

「下着かアウターかはともかく、ティアさんとしては強気に攻めたい？」

「あー、まー、そういう事になるかな。うむ、やはり防御は性に合わぬ」

「真希さんは節度は守る……ティアミリスさんは過激に攻める……」

　二人のアドバイスを聞いた晴海はそこで一旦考え込《いったんかんが》んだ。晴海には真希の考えの方が正しいように感じられる。だがこれまでの自分の考え方が正しかったのなら、もう少し孝太郎との関係を進める事が出来ていた筈ではないかとも思うのだ。その場合、ティア同様とまではいかなくても、それなりに攻撃の姿勢を作るのは悪くないような気がしていた。

「じゃがのう、そなたはまだあやつの前で下着姿になる予定はない訳じゃろう？」

「それは……そうですけれど……」

「その場合はやはりアウターを過激にするしかないのではないか？」

「そうかもしれませんけれどっ、以前キリハさんも言っていましたが、事故って常にあるじゃないですかっ！」

晴海の考えでは、アウターはちゃんとしたかった。やはり年長者として他者との対話はしなければならない。孝太郎の為だけの格好をする訳にはいかなかった。また自ら脱《ぬ》いで下着を見せるつもりもなかった。晴海が想定していたのは事故。海でキリハが言っていたように、常に事故は起こる。その時に備えて自分が身に着けておくべきはどんな下着なのか、ここで晴海が問題にしているのはそこだった。本当は恋愛《れんあい》はロマンティックに進めたい晴海なので、キリハが下着の新調と事故の話をした時には反発した。だが冷静になって考えてみると、今のまま完全な受け身でいるのではなく、僅かでも先へ踏《ふ》み出す方法を模《も》索《さく》するべきではないかと思ったのだ。

「事故とな………」

事故と言われてティアが思い描いたのは、格闘技で遊んでいる時の事だった。これまで孝太郎の攻撃で自分の服が脱げそうになった事は何度もあった。それが本当に脱げてしまったなら————確かに攻撃的な下着の準備は必要かもしれなかった。

「里見君と事故………」

真希が思い描いたのは、ごろすけをお風呂《ふろ》に入れる時の事だった。ごろすけを洗うと真希もびしょ濡《ぬ》れになるので、服が透《す》ける。その時に孝太郎が通りかかったら、自然と下着が孝太郎の目に留まる。その時にどういう下着であれば孝太郎をドキドキさせられるのかという事は、確かに考慮《こうりょ》しておくべき問題であるように思われた。

「ハルミ、わらわも下着を買うぞ！」

「私も買っていきます。私にも桜庭さんの知恵《ちえ》を貸して下さい！」

ティアは異星人なので、日本人の孝太郎が好む下着のタイプが今一つ分かっていない。真希も軍事組織出身であまり日本のファッションには触《ふ》れて来なかった。だから二人は、晴海というその分野に長《た》けた者と一緒《いっしょ》にいる今、自らの装備を更新《こうしん》すべきであると決断したのだった。


日本にある商業施設《しせつ》は、徐々《じょじょ》にペットの入店を認める店が増えてきている。だが自転車の販売店《はんばいてん》もアパレルの販売店も、ペットの入店を認めている店は少ない。機械や服にとってペットが店内にいる事が様々な障害になる事は想像に難《かた》くないので、その辺りは仕方のない事だろう。そんな訳でそうした場所での用事が済むまでは、ごろすけは一人で待たされていたのだった。

「なー」

「ごめんなさいね、ごろすけ。ずっと待たせてしまって」

「なう、なー」

ごろすけが入れられている猫用《ねこよう》のキャリーバッグはクランやルースの手によって、浮遊《ふゆう》機能や熱光学迷彩《めいさい》、冷暖房《れいだんぼう》完備、餌《えさ》も自動で貰えるという過剰《かじょう》なまでの先進的な機能を与《あた》えられている。だが猫側にしてみればやはりただの箱な訳で、ごろすけは再会した主人に対して抗議《こうぎ》の声を上げていた。

「でもごろすけ、次のお店は大丈夫《だいじょうぶ》よ。あなたも入れるから」

「みゃ？」

「うふふ、今度はあなたの物を買いに行くのよ」

三人の最後の目的地、それはペットショップだった。ペットを飼う上で必要なものは少なくない。ペットフードはその最たるものだろう。クランやルースが足りない分は分析《ぶんせき》して合成すると言ってくれているが、すぐに必要な物も多いので、十分な数を用意しておくに越《こ》した事はなかった。

「ペットショップか……フォルトーゼでは行った事のない場所じゃのう」

ティアはペットショップという未知の場所に目を輝《かがや》かせている。自転車や服の店は何度も入った事があるが、ペットショップは初めてだった。どんな場所なのか、何が待っているのか、ティアはそれが楽しみだった。そんなティアの興奮気味な言葉に、晴海が小さな疑問を持った。

「やはり皇女殿下《でんか》の場合、欲しい物は言えば揃うんですか？」

晴海もペットは飼っていないが、ペットショップに入った事はある。店頭で生体の販売も行われているので、どんな生き物がいるのかを見に行った事があるのだ。ティアにはそうした経験がないというので、晴海はその理由が知りたかったのだ。

「うむ。ルースや侍従達《じじゅうたち》があっという間に持って来てくれるでのう。自分で物を買いに行くという行為《こうい》は、主にこの国に来てからの体験じゃ」

ティアがペットショップに行った事が無かったのは、やはりその生まれが問題だった。その高過ぎる身分のせいで軽々しく外へ出る訳にはいかなかったし、そもそも周囲が必要な物を揃えてくれる。だから買い物という行為そのものが、ティアにとっては珍《めずら》しい行為なのだった。

そんなティアだったから、ペットショップに入るとすぐに、その目をキラキラと輝かせて走り出した。

「なんじゃここは！　色々な生き物がおる！」

この店でもペット用品だけではなく生体の販売が行われていた。犬や猫はもちろん、鳥や魚、爬虫類《はちゆうるい》に至るまで。そこはちょっとした動物園のような雰囲気を醸《かも》し出していた。初体験のティアが子供のような反応をするのも無理もないだろう。彼女《かのじょ》は楽しそうな様子でケージや水槽《すいそう》を順番に眺《なが》めていった。

「ティアさんったら……ふふ」

「なうー」

真希はそんなティアの様子を見て微笑《ほほえ》む。ごろすけも他の生き物に気付いて興奮気味だったが、ティア程《ほど》ではない。何度か来た事があるので、多少慣れているのだ。ペットショップはもちろん、ペットの入店が可能な店だった。

「真希さんはお買い物をして下さい。ティアミリスさんは私が」

「ありがとうございます、桜庭さん。……行くわよ、ごろすけ」

「みゃっ！」

晴海はティアを追い、真希はごろすけを連れて店舗の奥へ向かう。生き物が手前で、ペット用品は奥という配置なのだ。生き物を目立たせたい店側の都合と、生き物も明るい場所が良いという両者の都合によるものだ。だがもちろん種類によっては明るい場所が苦手であったりする生き物も多い。真希はそうした生き物の脇《わき》を通り抜けて店舗の奥へ向かった。

「なうっ！　みゃっ！」

カリカリ

キャリーバッグの隙間《すきま》から水槽の魚に気付いたごろすけは、バッグの内壁《ないへき》を引っ掻《か》き始める。ごろすけもやはり猫《ねこ》、魚には一際《ひときわ》興味があるようだった。

「駄目よ、ごろすけ。そのお魚は食べられません」

「うみゃぁ………」

「駄目《だめ》駄目、そんな顔しても」

隙間から魚を獲《と》ろうと必死になっているごろすけが多少可哀《かわい》そうにも思えたのだが、この店に来た目的もやはりごろすけの為だ。真希は心を鬼《おに》にしてペット用品が並ぶ一角を目指した。

「ええと、まずはペットフードね」

カラカラカラ

真希は買い物用のカートを押《お》してペットフードの棚へ向かう。ペットフードは生き物の種類や年齢《ねんれい》、ダイエット中かどうかなどで、様々な商品が存在する。その中から自分が飼っている生き物の餌に辿り着くのはなかなかに時間がかかる作業だ。だが何度かこの店を利用した事がある真希は、迷わず子猫用《こねこよう》のペットフードが陳列されている棚の前に辿り着いた。

「ごろすけ、どれぐらい買う？」

「なー」

「たくさん？　分かったわ、そうしましょ」

真希はごろすけの意見を採用して、いつも買っている餌を幾《いく》つもカートに載《の》せていく。

真希は心を操《あやつ》る藍色《あいいろ》の魔法使《まほうつか》い。魔法を使わなくても、他者の一際強い感情は、漠然《ばくぜん》とだが読む事が出来るのだ。この時も、ごろすけが自分のご飯を沢山欲《たくさんほ》しがっている事が真希には伝わっていた。逆もそうで、真希はちょっとしたイメージならごろすけに伝える事が出来る。だから一見すると人間側が一方的に話しているように見える二人の会話は、きちんと成立しているのだった。

「またたびは？」

「みゃっ!!」

「分かった分かった、一袋《ふくろ》だけよ？」

「なー!!」

そうやって真希はごろすけと言葉を交《か》わしながらカートに商品を載せていく。買う物は多く、それはしばらく続いた。そんな真希とごろすけが作り出す独特の空気感は、見る者にある事を思い起こさせるものだった。

「……………マキもすっかりお母さん役が板について来たのう」

その時やってきたティアは、今の真希とごろすけの姿をそう評した。ひとしきり動物達《たち》を見て回って満足したのか、ティアは上機嫌《じょうきげん》だった。

「そうですか？　だったら嬉《うれ》しいです」

真希は嬉しそうに目を細める。今の彼女にとって、ティアの言葉は最大級の誉《ほ》め言葉だった。

「以前の私は、猫を飼うなんて想像もしていませんでした」

両親に売られ、奴隷《どれい》商人の所や魔法世界の軍事組織で育った真希だから、他者に対する感情は否定的なものだった。それは動物が相手であっても同じで、我《わ》が手で育てようなどという発想は持ち合わせていなかった。だから『お母さん』という評価は、彼女が過去の呪縛《じゅばく》を抜《ぬ》け出したという意味にもなる。真希には最高に嬉しい言葉なのだった。

「ちゃんとやれていますよ、ごろすけちゃんのお母さん」

ティアと一緒にやってきた晴海も同じ評価だった。真希とごろすけの関係は、愛と優《やさ》しさで溢《あふ》れている。それは晴海が常々大事にしている事だから、晴海の評価は高かった。

「お母さん………私が本当のお母さんになる日も来るんでしょうか………」

「来るぞ。今のそなたならきっとなれる」

「里見君の決断待ちではあるかもしれませんけれど………うふふ」

「里見君の………はい、そう思います。あははっ」

真希が子供を作るなら、やはりその相手は孝太郎が良い。けれど真面目な孝太郎が安易に決断するとは思えなかった。

「私の子供に会わせてあげるのは、もう少し先になりそうよ、ごろすけ」

「みゃお」

「それまではそなたがわらわ達の子供じゃ」

「あはは、良いですね、それ」

少女達は自分達が孝太郎に酷《ひど》く無茶《むちゃ》なお願いをしている事を重々承知している。だから孝太郎が折れるまで幾らでも待つつもりでいた。

「うみゃー！」

「ごろすけもそれが良いらしいです」

それまでの日々は、ごろすけが共に歩いてくれるようだ。そしておそらくは、その先の日々も。ごろすけの決断は、孝太郎のそれよりもずっと早かった。

早苗は身体から魂《たましい》が半分だけ抜け出して別々に行動する事で二人になる事が出来るのだが、そこに別の世界からやってきた早苗が加わった事で、現在は三人になっている。当初は多少の混乱もあったが、今は落ち着いている。そこに不満を持ったのが『早苗ちゃん』だった。

『みんなは、もーちょっとあたしが三人になった事に驚《おどろ》いてくれても良いと思う！』

早苗は空中を漂いながら――この時は元幽霊《ゆうれい》の方が幽体離脱《ゆうたいりだつ》中――腕組みをし、頬《ほお》を膨らませて不満を表明していた。だがこういう時の早苗は演出でポーズを取っている事が多く、本気で怒《おこ》っていない場合が多い。その辺の事情を分かっているので、静香は困り顔と笑顔《えがお》の中間くらいの表情で答えた。

「そうは言っても、しばらく前から二人だったから、三人になってもそう変わらないというか……ショックが少なかったというか……」

早苗は最初幽霊の『早苗ちゃん』が一人でおり、そこへ幾らか後に生身の身体に宿っていた『早苗さん』が合流した。その時点から既《すで》に一年以上が経過していたので、もう一人増えても驚きはそれほど大きくはなかった。早苗ならそういうもんかなと、誰もが納得《なっとく》してしまっていたのだ。

「みんなもうあたしに飽《あ》きたのよ。飽きたからポイって」

三人目の早苗『お姉ちゃん』は演技過剰気味にそう言うと、滲《にじ》んでもいない涙《なみだ》を拭《ぬぐ》う。そんな姿も早苗らしいので、みんなの驚きを削《そ》いでいる訳なのだが、早苗達《たち》はその事には気付いていないようだった。

「そんな、恋人《こいびと》も居た事ないくせに………」

二人目の早苗である『早苗さん』は『お姉ちゃん』に呆《あき》れ気味《ぎみ》の視線を送る。普通の家庭で育ったので、三人の中では一番常識人の『早苗さん』だった。

「あの人が恋人にしてくれないからねぇ………」

そう苦笑《くしょう》したのは静香だった。どう考えてもしばしば恋人以上の事をしている筈《はず》なのだが、彼女《かのじょ》達の想《おも》い人《びと》は頑《かたく》なに彼女達を恋人にしてくれない。鉄壁《てっぺき》の意志が常識と誠意を守り続けているのだ。それは困った問題なのだが、反面嬉しくもある。全員が大事にされていると分かるからだった。

『ダイジョブ。そろそろあの鉄壁のダムにも水漏《みずも》れが始まってるから』

「三人いるとドリルの攻撃力《こうげきりょく》が違《ちが》うからね」

「……………お荷物になってないかなぁ………」

そんな早苗達と静香は街の片隅《かたすみ》にある高台へ向かっていた。目的はそこにある墓地を訪ねる事。静香のたっての希望で、墓参りに行く最中だった。だから三人の早苗がはしゃいでいるのは、半分は静香の為《ため》だ。人間は墓参りといえばどうしても暗くなりがちだ。少しでも静香を元気付けようという早苗達なりの配慮《はいりょ》なのだった。

「ありがとね、三人とも」

『ん？　何が？』

「なんだろうね？　ふふふ………」

お礼の気持ちを伝えないのは粋《いき》ではないが、わざわざ指摘するのも粋ではない。静香は曖昧《あいまい》に礼を言って微笑むのだった。

数ヶ月ぶりに訪《おとず》れたので、笠置《かさぎ》家の墓の周りは少し汚《よご》れていた。雑草が伸《の》び、落ち葉が降り、薄っすらと砂埃《すなぼこり》で覆《おお》われている。ちゃんとお参りする前に、まずはその掃除《そうじ》からスタートだった。

『頑張《がんば》れあたし達！　働け若人《わこうど》よ！』

「ずるいなあ『早苗ちゃん』は………最初からこうする為に幽体離脱したのね」

『偶然《ぐうぜん》です』

「そうだそうだ、ずるいぞ！　あんたも早苗なんだから一緒に働け！」

働いているのは静香と『お姉ちゃん』と『早苗さん』の三人。対して幽体離脱状態で肉体の無い『早苗ちゃん』は空中を漂うばかりだ。最初に水の入ったバケツを運んできて以来、何もしていない。おかげで他の早苗からは大ブーイングだった。

『霊能力《れいのうりょく》は細かい作業には向かないのです。悪《あ》しからず』

「頑張ればいけるって！　何事も根性《こんじょう》でしょー！」

「そうだよ『早苗ちゃん』、いつも私には無茶苦茶《むちゃくちゃ》言う癖《くせ》に！」

『分かった分かった、もー………』

他の自分から猛抗議《もうこうぎ》を受けた結果、『早苗ちゃん』も働き始めた。『早苗ちゃん』も本気で働かないつもりでいた訳ではないのだ。何しろそこはとても大事な友人の、家族の墓なのだから。

「みんな手伝ってくれてありがとね」

「良いの良いの。あんたんちの墓はうちの墓も同然よ」

「そうです。いつもの恩を返すチャンスですから」

『あんたら、あたしへのあてつけで、ここぞとばかりに良い子ぶってるでしょ？』

「そうは言っても、立場が逆だったら『早苗ちゃん』もやるでしょ？」

『うん、それはそう』

ともすれば暗くなりがちな墓地での掃除だったが、早苗達のおかげで底抜《そこぬ》けに明るかった。他に墓参りの人がいれば迷惑《めいわく》かもしれないが、幸い彼女達しかいない。墓地に眠《ねむ》っている人々は多少うるさく思うかもしれないが、静香はそれで良いと思っている。早苗達は霊《れい》達の声を聞く事が出来るので、本当に迷惑ならそれを感じ取って止《や》めるだろう。つまり静香は早苗達の優しさを信じ、彼女達が騒《さわ》いでいるという事は霊達からの抗議はないのだろう、と考えたのだった。

――それに多分、この方が父さんと母さんには良いと思うし……。

静香は気を遣《つか》ってしおらしくしている早苗達より、普段《ふだん》の彼女達のように振舞《ふるま》ってくれた方が良いと思っていた。それは墓に眠る両親に、娘《むすめ》にどんな友達が出来たのかが良く伝わるだろうと思うからだった。

「父さん、母さん、なかなか来られなくてごめんね。あと早苗ちゃん達が来てくれたわ」

掃除が済むと、静香は改めて墓石に向き直り、両親に挨拶と報告を始めた。だがその表情と言葉は必要以上に暗くはない。早苗達の存在が気分を明るくしてくれていたし、今の静香は知っているのだ。死は終わりではないのだと。それを証明してくれていたのも、やはり早苗達だった。

「いつも娘さんにはお世話になっております」

早苗達の中で一番年長の『お姉ちゃん』が神妙《しんみょう》な面持《おもも》ちで挨拶の言葉を口にする。だがその言葉には不思議と場違《ばちが》いな空気感があった。

『「お姉ちゃん」、それだと結婚《けっこん》のお許しを貰いに来たみたいだよ』

空気感がおかしいのは別の件で両親に挨拶に来たように聞こえるからだろう。

「しー、しー、大事な時なんだから、おふざけはまずいよっ」

もう一人の早苗、『早苗さん』はそうしたやり取り自体が場違い――失礼に当たるのではないかと心配していた。だが静香にはそれを気にした様子はなかった。

「良いわよそのくらい。………それでね、今度またフォルトーゼ――ティアちゃん達の故郷の星へ行くの。今日はその報告に」

しばらく会いに来られないので、この日は墓参りにやってきた。ついでに友達の紹介《しょうかい》も。

墓参りとしてはかなり重要な話だが、深刻になるような話でも無かった。

「娘さんをお借りします。必ず無事に連れ帰ります」

『やっぱり結婚のお許しを貰いに来たっぽい』

「もー、二人共っ」

『だってさ、静香パパも静香ママも楽しそーだから良いじゃん』

早苗達が呑気《のんき》にしていたのは、それが理由だった。強力な霊能力を持つ三人なので、静香を見守る両親の姿が見えていたのだ。

「あっ、また二人が見えてるの？」

早苗は以前も何度か、静香の両親の姿を見ていた。それは静香にとって喜ばしい事。死が終わりではないと信じるに足る証拠《しょうこ》だった。

『見えるよ。こう言ってはなんだけど、明るく元気そう。見たい？』

「出来るの⁉」

『うんむ、お任せあれ。こーすれば良いと思うんだ。えいやっ！』

以前と少し違うのは、早苗が静香に両親の姿を見せてやる事が出来るという点だった。早苗は自身の霊能力を発揮させながら、額に刻まれている剣《けん》の紋章《もんしょう》を活性化させた。額の紋章はシグナルティンの契約《けいやく》の証で、常にシグナルティンと繋《つな》がっている。そしてそれは静香も同じだ。だから紋章と剣を介《かい》して、早苗が見ているものを静香に伝える事が出来るのだった。

「父さん！　母さん！　本当だ、薄《うす》いけどちゃんといるのが分かる！」

確かに静香の両親はそこに居た。その姿は曖昧でおぼろげだったが、娘の静香には気配で分かった。それに姿がおぼろげでも静香は気にしないだろう。気配を感じた時から、静香は瞳《ひとみ》に涙を滲ませていた。

「見え難くてごめんなさい。私達のおとめちっくぱわー――――じゃなかった、霊能力だとこの辺が限界なんです。静香さんが幸せそうだから」

「え？　どういうこと？」

『あのねー、幽霊って心残りがあるから見えるんだよ。でも静香のパパとママは、親として静香の事を心配しているけれど、静香が幸せだから心残りは全然なさそーなの』

幽霊が現世に残るのは、現世に執着《しゅうちゃく》するものや心残りがあるからだ。静香の両親の場合は、単純に人の親として娘の傍《そば》に居られない事が心残りだ。だがその娘――――静香が幸せそうなので、その心残りを薄れさせ、姿が曖昧になる原因となっていた。

「じゃあ、理想は見えなくなる事なのね？」

『そーゆーことかな。見えないと寂《さび》しいけど』

そして静香がより幸福になれば、心残りが完全に消えて二人の魂は旅立つ事が出来るようになるだろう。寂しいが、それこそが魂の正しいサイクルだった。

「ううん、やっぱり、見えない方が良いのよ。二人の幸せを思えば」

静香には死後の世界がどうなっているのかは分からない。二人は天国で幸福に暮らすのかもしれないし、別の命に生まれ変わるのかもしれない。だがそれが何であれ、現世に留まっているよりはずっと良いだろうし、娘としていつまでも死んだ両親に甘《あま》えている訳にはいかなかった。

『………静香は凄《すご》いね、とっても強い。うん、パパとママにとっては、見えなくなる方が幸せだね、きっと』

早苗達も静香の意見に賛成だった。早苗の考え方では両親にはずっと一緒に居て欲しいと考えてしまうところだが、言われてみれば確かに、静香の言葉は正しかった。そしてそう考えられる静香を――――早苗にしては珍しく――――尊敬していた。

「だからこそ、頑張ってくるね、父さん、母さん！」

「次は結婚の報告を持って参ります」

「もう良いからそれは！」

『んー、意外と………結婚の報告で、合ってるんじゃない？』

「えっ……あー、静香さんが幸せになるって話なんだから……あー、確かに」

　静香は思うのだ。この日々を精一杯《せいいっぱい》生きて、両親が静香を心配しなくても良いようにする。そしていつか早苗達が言うように、結婚の報告をしに来られれば素晴《すば》らしいだろう。そうすればきっと静香は笑顔で、やはり同じく笑顔の両親を、おくり出す事が出来るのだろうから。


　墓参りを無事に済ませた静香と早苗達は、そのまま商店街へと向かった。そこには市販《しはん》のお菓子《かし》の専門店や、煎餅《せんべい》や饅頭《まんじゆう》といった定番のお菓子の店が軒《のき》を連ねている。この日の彼女らの二番目の仕事は、ここでお菓子を大量に買い込む事だった。フォルトーゼには日本のお菓子は無いので、彼女らの任務は重大だった。

「おやつは五百円以内！　バナナはおやつに入りません！」

「どう見ても五百円じゃないわね、このリストに書いてある量は。こんなに買って大丈夫なの？」

　一〇六号室の住人にナルファ、琴理、賢治の三人を加え、合計十三人。それぞれの好みのお菓子を取りまとめたリストは何ページにも及《およ》ぶ。これを本当にそのまま買って帰ったら、一〇六号室はお菓子だらけになりそうだった。

『ダイジョブダイジョブ』

「クランさん達と話は付いていますので」

だが幸いな事にこのお菓子を積むのは宇宙戦艦《せんかん》だ。クランの宇宙戦艦『朧月《ろうげつ》』には、お菓子の店を丸ごと乗せてもびくともしない積載量《せきさいりょう》がある。リストが長大であっても何も問題はなかった。

「………ん？　あれって孝太郎じゃない？」

そんな時の事だった。商店街に立ち並ぶ店を順番に眺めていた『お姉ちゃん』が、その内の一つの店先で見知った姿を見付けた。それは孝太郎の姿だった。

「あれは………お茶屋さんでしょうか？」

『おーい、孝太郎〜〜〜！』

姿を見付けるが早いか『早苗ちゃん』は孝太郎の名を呼び、そちらに向かって飛んで行ってしまった。先に孝太郎が何をしているかを確認《かくにん》した『早苗さん』とは対照的な行動だった。

「おう、お前らか」

『何してんの？』

「ん、ああ、お茶や紅茶、コーヒーなんかを買ってるんだ」

『あー、飲み物も大事だよねー』

「まあな。それとお土産《みやげ》としても悪くないだろ？」

「おっ、孝太郎にしては殊勝《しゅしょう》な事を考えてるね」

孝太郎がお茶を買いに来たと知った『お姉ちゃん』は、良くやったとばかりに大きく頷《うなず》く。それを見た孝太郎は軽く眉《まゆ》を寄せた。

「俺《おれ》は礼儀《れいぎ》には厳しいんだよ。スポーツやってたからな」

「晴海も挨拶《あいさつ》の為に服を買うって言ってたから、スポーツは関係ないんじゃない？」

「桜庭先輩《せんぱい》は基本的な出来が違うんだよ。俺みたいに教《おし》え込まれたのとは違ってな」

孝太郎は『お姉ちゃん』の顔を掴《つか》んで引き寄せると、両手で彼女の両頬を挟《はさ》んでぐにぐにと揉《も》み始める。『お姉ちゃん』はそうされてむしろ満足なのか、無抵抗《むていこう》にされるがままになっていた。

「お前らは、少し、礼儀を覚えろ」

「にしししし、無理」

「………」

そうやって『お姉ちゃん』の顔を揉んでいる時、孝太郎は最後尾《さいこうび》にいた『早苗さん』が何やら踊《おど》っている事に気が付いた。

「ん？」

だが孝太郎が『お姉ちゃん』の頬を揉みながら慎重《しんちょう》に『早苗さん』の動きを観察していると、それが単なる踊りではない事が分かって来た。彼女は少し前にいる静香を指し示しつつ、何かを懸命《けんめい》に訴《うった》えかけて来ていた。

――――大家さんがどうかしたのか……？

静香は孝太郎と『お姉ちゃん』のやり取りを見て微笑んでいた。だが『早苗さん』の奇《き》妙《みょう》な行動が、それは単なる微笑みではないと言っている。孝太郎はそのまましばし考《かんが》え込んだ。

「はい、おしまい」

「えー」

「俺にもやる事があるの」

「あたしを愛する以上の事があるとゆーのかっ⁉」

何某《なにがし》かの結論に達すると、孝太郎は『お姉ちゃん』を解放した。もっとやって欲しかった『お姉ちゃん』は不満顔だ。だが孝太郎が静香に近付いていった事に気付いた時点で、その不満顔は霧散《むさん》した。

「うーむ……」

孝太郎は静香の前に立つと、頭のてっぺんから爪先《つまさき》までじっくりと眺める。

「里見君？」

「これで合ってるかなぁ……」

「きゃっ!?」

孝太郎は少し首を傾《かし》げながら、静香を両腕《りょううで》でしっかりと抱《だ》き締《し》めた。これに驚いたのが静香だった。

「えっ、なにっ、里見君っ!?」

「ぐーるぐる、ぐーるぐる」

孝太郎は静香を抱いたままその場でゆっくりと回転する。それはまるで子供をあやしているかのような行動だったのだが、そこは年頃《としごろ》の男女。そんな二人の姿は、恋人同士がじゃれ合っているようにも見えた。

――考えてみれば大家さんは墓参りに行った直後なんだ。少し気を遣ってあげた方が良い筈だよな……。

体重の事以外では、なかなか弱さを見せない静香。だがそんな彼女でも、優しさが欲《ほ》しい時はあるだろう。孝太郎がこの行動をしたのは、そう判断しての事だった。

――――後で『早苗さん』を褒《ほ》めてやらないとな……。

孝太郎にそれが出来たのは踊ってくれた『早苗さん』のおかげだ。今言うと静香にバレてしまうので、孝太郎は少し間をおいて『早苗さん』に礼を言うつもりだった。

「はい、おしまい」

何回転かしたところで、孝太郎は静香を下ろしてやった。予期せぬタイミングで何度も回ったおかげで、静香は少し目が回っていた。だから足が地面に着いてからも、しばらく孝太郎に寄り掛《か》かったままでいた。そして静香は目を閉じ、孝太郎にそっと囁《ささや》いた。

「………里見君、私ってそんなに寂しそうにしてた？」

「うーん、どちらかというと………寂しそうにしているべき時に、寂しそうにしていなかったからです」

孝太郎は静香を支えてやりながら同じように囁き返す。すると静香は孝太郎の身体《からだ》に腕《うで》を回して強く抱き締めた。

「………愛してるわ、里見君」

静香は礼ではなく愛を囁いた。孝太郎の突然《とつぜん》の行動は愛情から来ていると思うから。

「どうしたんですか、急に」

「こういう時じゃないと、真面目に取り合ってくれないでしょ？」

「……………」

孝太郎は少女達の中から一人を選ぼうとしている。だから普段の孝太郎には、愛情をぶつけても受け入れて貰《もら》えない。だが今《こ》、この瞬間《しゅんかん》に限ってはそうではない。静香を思いやって、孝太郎がほんの一歩だけ踏み込んで来た、この瞬間ならば。

「次は、一緒に墓参りに行ってくれる？」

静香にとって次の墓参りが何を意味するのか、孝太郎は分かっていない。

「はい」

しかしそれが静香にとってとても大切な事だという事は分かっている。だから孝太郎は迷わず頷いたのだった。


孝太郎と別れた早苗達は、当初の目的地へ向かった。最初の訪問先は市販のお菓子の専門店だった。

『孝太郎はさっき何て言ってたっけ？』

「孝太郎さんは追加でコーラと駄菓子《だがし》を買って来いって言ってました」

問題のリストを手にした『早苗さん』と自分が欲しいお菓子が何処《どこ》にあるのかきょろきょろしている『早苗ちゃん』を先頭に、これでもかとお菓子を満載《まんさい》した棚《たな》が立ち並ぶ店内を進んでいく。

「成長しないわねえ、孝太郎も」

この世界の孝太郎は、自分が知っているかつての孝太郎と少しも変わらない。あるいはただただ子供の嗜好《しこう》――――それに気付いた『お姉ちゃん』は呆《あき》れ顔《がお》だった。

「私は男の子って、そういうところが可愛《かわい》いと思うな。私達女の子は、結構新しいものに飛びついちゃうじゃない？」

静香は孝太郎に対して肯定的《こうていてき》だった。これには直前の孝太郎の思わぬ行動が大きく影《えい》響《きょう》している。孝太郎は必要な時に、必要な事をしてくれた。今の彼女なら、孝太郎が多少の失敗をしても迷わず許すだろう。この時の静香の笑顔は一点の曇《くも》りもなく輝いていた。

『ですがあたし達も、どちらかと言えば成長しない方です』

「実は駄菓子は希望者が少なくないので、多めに買って下さい」

『にゃははは、みんな結局こういう部分の成長は無いのね』

だが女の子にも頑《がん》として変わらない部分はある。そういう自分達の理不尽《りふじん》さに、孝太郎は苦労しているに違いない。だから少しは味方をしてあげても罰《ばち》は当たらない――静香は駄菓子を次々と買い物カゴに入れていく早苗達を見ながらそんな事を考えていた。

「……どうしたの？」

そんな時だった。静香はしきりに目を擦《こす》っている『お姉ちゃん』の姿に気が付いた。

「ううん、何でもない。ちょっと目にゴミが」

首を横に振《ふ》りながら『お姉ちゃん』は笑顔を作る。

「そう？　ちょっとこっちに来て、早苗ちゃん」

静香はそう言うとバッグからハンカチを取り出す。実は多少『お姉ちゃん』の方が年上なのだが、静香は自然と彼女をこの世界の早苗と同じように扱《あつか》っていた。

「あ、うん」

目にゴミが入ったと言ってしまったので、『お姉ちゃん』は静香の求めに応じて近付いてくる。そして静香も『お姉ちゃん』に歩み寄り、その目を覗《のぞ》き込んだ。

「あんまり擦ると目に悪いから……うん、大丈夫そう。ゴミは涙と一緒《いっしょ》に流れ出たみたいよ」

静香はそう言って『お姉ちゃん』に笑いかけると、その頬を濡《ぬ》らす涙をハンカチで拭ってやった。実の所、静香には『お姉ちゃん』が何故《なぜ》目を擦っていたのかは薄々《うすうす》分かっている。少し前の自分と同じで、幸せだった頃《ころ》を思い出していたのだろう、と。だからこそ静香は思う。それに気付いたのなら、何とかしてやらなくてはと。少し前に孝太郎がしてくれたように。

「ありがとう、静香」

「あなたは早苗ちゃんなんだから当たり前でしょう?」

「でも私はここの早苗じゃないし」

「何処の早苗ちゃんかなんて、私達にはどうでも良い事よ」

「静香………」

別の世界からやってきた『お姉ちゃん』にとって、この世界は他人の家も同然だ。よく似ていても、自分の家とは違うのだ。そこに住んでいる人も違う。『お姉ちゃん』が感じていたのは孤独《こどく》。だが静香はそうではないと伝えたかった。『お姉ちゃん』も『早苗』で良いのだと、独りぼっちではないのだと、伝えてやりたかったのだ。何故なら『早苗』もまた、静香に同じようにしてくれていたから。

「きっとみんなにとってもそうよ。そしてもちろん、里見君もね」

「う、うん………ちょっと、元気出た」

幸い静香の試みは成功したようだった。『お姉ちゃん』の涙は止まり、その顔には明るい笑顔が戻《もど》っていた。失くしたものは多いが、『お姉ちゃん』は自分が一人ではないと信じる事が出来たのだ。

『全ての早苗に愛を！　平等な権利を！』

「だから、どうして良いところで余計な事を言うの『早苗ちゃん』っ！」

彼女達はこれからフォルトーゼへ向かう。そして『お姉ちゃん』は、そこにいる『敵』から、失くしたものを少しでも取り返さねばならない。泣いている暇《ひま》はない。今は新たな仲間達と『敵』に立ち向かう時なのだ。『お姉ちゃん』は取り戻した笑顔の裏で、そんな決意を新たにするのだった。

孝太郎達《たち》がフォルトーゼへ向かう場合、地球でのフォルトーゼや大地の民、フォルサリア絡《がら》みの事件を誰《だれ》が解決するのかという事が問題になってくる。そこでフォルトーゼと大地の民、フォルサリアの三者は歩調を合わせてその問題に対応していく事に決めた。その手始めに行ったのが合同訓練と技術指導。互《たが》いの弱点を補う為に、互いの長所を教え合うというものだった。そしてこの合同訓練には孝太郎とルース、クランとゆりか、キリハの五人が参加している。その道のエキスパートが呼ばれた格好だった。

「申し訳ございません、ナナ様。わざわざお手伝い頂きまして……」

「良いんですよ。こっちが里見さんを借りたせいですし」

ルースは孝太郎用に改装されたウォーロードⅢ改に乗り込み、対機動兵器戦闘《せんとう》の訓練に参加している。これは複座に改造されたウォーロードⅢ改のテストも兼《か》ねている。実際に動かして不具合がないかどうかを確認するのだ。そしてこのウォーロードⅢ改には、孝太郎の代わりにナナが乗っている。孝太郎本人は対人戦闘の指導に回っているので、ナナがその代役を務めているのだ。彼女《かのじょ》が装着している人工四肢《しし》はルースやクランによってシステムが組まれているので、孝太郎の鎧《よろい》の代わりにウォーロードⅢ改にそのまま接続する事が出来るのだ。だがいかに天才のナナであっても初めて使う慣れない機体、ルースの助けがあってようやく孝太郎並みという状況《じょうきょう》だった。

「おやかたさまは今日は休みなしで各現場を行ったり来たりです」

「あはは、ウチだけじゃないんですね」

ナナがここでいうウチというのは、地球に残るフォルトーゼ皇国軍の事だ。ナナは正式にフォルサリアからフォルトーゼに出向しており、現在はネフィルフォラン隊の副官を務めているので、そういう表現になるのだ。ちなみにそのネフィルフォラン隊は、孝太郎達と一緒にフォルトーゼへ帰るので、この訓練には参加していない。

「全ての技術を同時に使って戦うのは、おやかたさまだけの特技ですから」

「なのに本人は、自分が一番弱いと思っているあたりが里見さんらしいですよね」

「恐《おそ》らく武装したおやかたさまに勝てるのは、完全な竜《りゅう》の姿に変身したシズカ様くらいです」

「あれは反則だから……やはり里見さんが一番強いんですよね」

「常に敵の弱点を突《つ》いて戦えば、その筈です」

「どういう事ですか？」

「おやかたさまは時折、敵の都合に合わせてしまわれます」

「あはははは、流石《さすが》は青騎士《あおきし》閣下！」

ルースとナナはのんびりお喋《しゃべ》りをしているのだが、その間も二人はウォーロードⅢ改を巧《たく》みに操って戦闘を続けていた。彼女達は敵側のリーダー役を務めているので、皇国軍側からの攻撃《こうげき》が集中して非常に忙《いそが》しい状況にある。だが彼女達のやり取りには、それを感じさせない余裕《よゆう》があった。二人の実力とウォーロードⅢ改の性能からすると、皇国軍の通常戦力は余裕をもって――――ナナは操縦そのものにはまだ戸惑《とまど》いはあるのだが、戦う事全体としてはそれでも余裕をもって――――対応できる相手だ。彼女達の実力に迫《せま》り、その余裕を削《けず》り取る事こそがこの合同訓練の目的なのだから、最初はそれで当たり前だろう。

「それにしても不思議なんですが、どうして複座になったんですか？　以前は里見さんが一人で乗っていたじゃないですか」

ナナは軽く首を傾げ、新設されたサブパイロット席のルースにちらりと目を向ける。戦闘兵器のコックピットは大概狭《たいがいせま》くなるものだが、このウォーロードⅢ改は複座に改良された事で更《さら》に狭い。おかげでナナとサブパイロット席のルースは、軽く身を乗り出せばキスが出来そうな距離《きょり》になっている。果たしてこれで大丈夫《だいじょうぶ》なのか――そんなナナの疑問はもっともだろう。

「高度に政治的な事情……いえ、これは内密に願いたいのですが、先日の戦いでキリハ様が戦術上の理由から改造前の機体に二人乗りをしたのですが、それを羨《うらや》ましがる声が出まして」

「ははあ、自分達もやりたいと」

「はい」

混沌《こんとん》の渦《うず》から這《は》い出た黒い犬――タユマと戦う際に、キリハはターゲットを絞《しぼ》らせる為にウォーロードⅢ改に同乗した。タユマはキリハと孝太郎に強い憎《にく》しみを抱いているので、同乗せねば攻撃が二人に分散して何処へ飛ぶか分からなかったからだ。そうやって二人乗りをした理由は非常に真っ当な物――真偽《しんぎ》は怪《あや》しい――だったのだが、二人乗りを羨ましがる声が噴出《ふんしゅつ》した。その結果行われたのが、複座への改造だった。

「きっかけはそうしたものなのですが、なかなかどうして、戦術的にも非常に意味がある改造かもしれないと思っております」

「というと？」

「わたくし達《たち》はそれぞれに固有の能力を持っております。複座にした事で、わたくし達はこのウォーロードⅢ改の追加装備として機能する訳です」

「つまりティア殿下《でんか》が乗れば砲撃戦《ほうげきせん》仕様、真希さんが乗れば魔法《まほう》戦仕様……最前線で里見さんに守られながら、その力が存分に振るわれるという事ね。確かに強そうだわ」

ティアと真希はそれぞれ射撃《しゃげき》と魔法が得意な訳だが、防御《ぼうぎょ》を捨てて攻撃に専念出来れば戦闘力《せんとうりょく》は大きく高まる。複座になったウォーロードⅢ改に同乗すれば自分で動いて身を守る必要がないので、それが可能となる。つまりティアと真希が普通《ふつう》に孝太郎と一緒に戦うよりも戦闘力は高くなる筈なのだった。

「一番効果的なのは、やはりキリハ様を乗せた移動司令部仕様かもしれませんが」

「最前線で安全に指揮が出来る、か。元々指揮官機で情報系の機能が強い訳だから、確かにそれはかなりのインチキね」

もちろんそうした効果はティアと真希に限った話では無い。キリハでもゆりかでも早苗でも、同じように効果が出るのではないかと考えられていた。ナナもこの複座への改造には意味があると感じていた。だが一番効果的なのはキリハを乗せた場合であるという意見には異議があった。

「でも私はね、最強はルースさんだと思うけど」

「えっ？　わたくしでございますか？」

「ルースさんを乗せれば最前線で沢山《たくさん》の無人機を操《あやつ》れるようになるじゃないですか。通信妨害《ぼうがい》があっても最前線に出ちゃえば関係ないし。そもそもバックパックに装備されたモーターナイト自体が無人機の一種なんだから、相性《あいしょう》は抜群《ばつぐん》に良い筈なのよ」

ルースの特技はオペレーターや物資の調整など、比較的《ひかくてき》後方で役に立つ技術だ。だがその技術は無人機のコントロールにも応用出来る。実際彼女《かのじょ》はこれまで無人機や大型砲《ほう》をコントロールし、大きな戦果を挙げていた。しかしその性質上、通信妨害が行われている戦場では力を発揮し難《にく》いという弱点もあった。だがウォーロードⅢ改に同乗すれば、その弱点を解消出来る。通信妨害されていても近くとは通信出来るから、無人機や自動砲台《ほうだい》を使う事が出来るのだ。より万全《ばんぜん》を期すなら、妨害し辛《づら》いレーザー通信や有線通信を使っても良い。どちらにしろ彼女が前に出られれば、戦術の幅《はば》が大きく広がる筈だった。

「わたくしがおやかたさまと一緒に前へ………」

自分が操る無人機や砲台が、ウォーロードⅢ改の追加武装として機能する――ナナによってそのビジョンが明確に示された事で、ルースの頭の中には次から次へと新装備のアイデアが浮《う》かび始めていた。自分の力で孝太郎を勝たせる。絶対に危険を寄せ付けない。それはルースにとって何よりも重要な目的だった。

「……少し、お願いします」

「ちょ、ちょっとルースさんっ⁉」

ルースは突然機体のコントロールをナナと人工知能に任せてしまい、自分は何らかの別の作業を開始した。それでなおウォーロードⅢ改は十分に訓練の敵役を務める事が出来たので、ルースが組んだシステムと人工知能は素晴らしい力を持つと言える。それはそのままルースの実力の証明となるだろう。そしてその実力は今、新たな力を生み出す為に行使されつつあった。

――愛されてるなぁ里見さん、ふふふ……でも後で少し文句があるからねっ！

おかげでナナはそのましばらく一人きりで苦労する事になるのであった。

対機動兵器戦闘の訓練が一段落すると、ルースはウォーロードⅢ改を降りて本格的に新装備のアイデアを練り始めた。おかげでナナはやる事がなくなってしまい、他の訓練を覗きに行く事にした。ナナが覗きに行ったのは、ゆりかが参加している訓練。内容は対魔法《まほう》戦闘《せんとう》に絞ったもの。やはりナナはいつでも、弟子《でし》のゆりかの事が気になるのだった。

『ヤバい、ユリカ教官が前に出てきた！』

『どれだ⁉』

『ユリカ・アタックだ！　周りに手榴弾《しゅりゅうだん》がいっぱい見える、飛ばしてくるぞ！』

『こっちもユリカ・ランチャーで撃《う》ち返せ！』

『みんな伏《ふ》せろぉぉっ！』

「……………やってるやってる、楽しそうねぇ………」

ナナは訓練場にやってくると目の上あたりに手をかざして太陽の光を遮《さえぎ》りながら、訓練場全体の様子を見回した。都市を模した障害物が数多く設置されている訓練場ではフォルトーゼ皇国軍とフォルサリア魔法王国の正規軍レインボゥハートの部隊が向かい合い、激しい攻防《こうぼう》を繰《く》り返していた。そしてその周りには多くの観客――休憩《きゅうけい》中や訓練の順番待ちの兵士達――が詰《つ》めかけている。これまでの華々《はなばな》しい戦果――ゆりかには不本意なのだが――――のおかげでゆりかは大人気だった。実際、テレポートの魔法を利用した手榴弾を幾何学《きかがく》模様状に配置する広域制圧攻撃には、誰が呼んだか『ユリカ・アタック』の名が冠《かん》され、それを再現する多連装グレネードランチャーが開発された程《ほど》だった。だから観客の中にはゆりかの戦いぶりを記録して持ち帰ろうというフォルトーゼ側の技術スタッフの姿も少なくなかった。

『ちっ、違《ちが》うっ!?　グレネードは立体映像だ!!』

『騙《だま》されたっ!!　早く立て、通常兵力の奇襲《きしゅう》があるぞ!!』

『もう来てる!!　撃て撃てぇっ!!』

訓練は基本的に多彩《たさい》な攻め《せ》を持つフォルサリア側が先手を取り、フォルトーゼ皇国軍側がそれを迎撃《げいげき》する流れになる事が多かった。移動能力の強化や迷彩《めいさい》などの魔法のおかげでフォルサリア側が一手先んじるのだ。だがそれでいてフォルトーゼ側も一方的に負ける訳ではない。装備の技術力が優《すぐ》れているので、最初から迎撃と決めて守りを固めておけば一気に崩《くず》される事はなく、良い勝負に持ち込む事が出来ていた。これにはフォルサリア側の魔法使い達が、魔法を使う都合で軽装になってしまう事も影響していた。

「………フォルサリア側の課題は防御力《ぼうぎょりょく》、フォルトーゼ側の課題は先手を取る方法。課題がはっきりして来たわね」

ナナは訓練の様子に満足そうだった。ナナはフォルサリアからフォルトーゼへ出向しているので、彼女にとってはどちらも重要だ。この合同訓練が両者に多くの実りをもたらす事を期待していた。

「大地の民との訓練ではまた課題が変わってきそうだけれど……結果をしっかり検討しなくてはいけないわね……」

ナナの視線と表情が自然と鋭《するど》くなる。それはかつての天才魔法少女の顔。魔法使いとしては一線を退いた彼女だが、運命の巡《めぐ》り合《あ》わせで戦線に復帰し、指揮官としての道を歩み始めた。扱うものが魔法から兵士達に変わったが、彼女の才能を存分に生かせる職場だと言える。この頃の彼女は既《すで》に、かつての頭のキレを取り戻していた。

戦闘訓練を一度終えて訓練所の端《はし》にある休憩所《きゅうけいじょ》に戻ったゆりかを迎《むか》えたのは、スポーツドリンクが入ったボトルを手にした師匠《ししょう》のナナだった。

「お疲《つか》れ様《さま》、ゆりかちゃん」

「ありがとうございますぅ、ナナさぁん」

飲み物をくれた事、訓練を見に来てくれた事、その両方に対するお礼の言葉を口にしながら、ゆりかはボトルを受け取った。そしてごくごくとボトルの中身を飲む。訓練は激しいものだったので、ゆりかはスポーツドリンクが身体に染《し》み込んでいくような心地《ここち》よい感覚を味わっていた。

「ふふふ、どういたしまして。………それにしても珍《めずら》しいわね、ゆりかちゃんが自分から特訓だなんて」

実はゆりかが対魔法戦闘の訓練に参加しているのは、意外な事に彼女が自分から言い出した事だった。それはゆりか自身の特訓の為《ため》なのだが、めんどくさがりの彼女が自分からそうした事を言い出すのは珍しい事だった。

「私だって今のままで満足しちゃいけないって分かっていますぅ。あのしわしわのおじいちゃんに勝たないといけませんからぁ」

ゆりかが特訓が必要だと考えた理由は、復活した大魔法使いグレバナスの存在だった。これまでの経緯《けいい》から考えると、グレバナスの強さは宮廷魔術師《きゅうていまじゅつし》として多くの戦争を戦ってきた豊富な戦闘経験が支えていると見て間違《まちが》いない。要は巨大《きょだい》な魔力《まりょく》をどう使うのか、それを知っているという事だ。だとしたらゆりかもそうならなければならない。不死者と化したグレバナスを相手に戦術面で後《おく》れを取る事は致命傷《ちめいしょう》になる。少しでも差を詰めなければならないと、ゆりかは特訓を決意したのだった。

「良い心掛《こころが》けよ。その調子なら、レインボゥの座を真希さんに取られずに済むわ」

「取られそうだったんですかぁっ⁉」

ゆりかは目を剥《む》く。ゆりかも真希もレインボゥハートのブルータワーに所属しているので、真希がアークウィザードになってレインボゥの座を継《つ》ぐという事は、ゆりかがその座を降りるという事なのだった。

「あはは、そういう話があったらしいって噂《うわさ》を聞いただけだけど」

その噂を聞いた時にはナナも驚《おどろ》いた。何故なら当初は真希がレインボゥハートに所属するという事自体に反発する声が多かったからだ。だがレインボゥハートへ所属した後の彼女の行動と功績が、その反発を抑《おさ》え込んだ。『あれっ？　もしかしてこの子って、我々が長らく待ち望んでいたタイプの魔法使いなんじゃないのかしら？』。そうして警戒心《けいかいしん》が解かれた後は、真希の評価は鰻登《うなぎのぼ》りだった。真面目で仕事は丁寧《ていねい》、それでいて常に深い愛情を感じさせるその振《ふ》る舞《ま》い。人格面に多少不安があるゆりかよりも、この子に期待してはどうだろう―――正式な会議ではともかく、雑談レベルではそういう会話が交《か》わされているようだ、というのが噂の内容だった。

「無理ですぅ、真希ちゃんが相手では全然勝ち目がないですぅ！」

噂の内容はゆりかには想像もつかなかったが、自分は魔法少女として真希に劣《おと》っているのではないかと、常々自分でも疑っていた。だからアークウィザードを交代させるという噂があったという言葉からは、真実味《しんじつみ》を感じてしまうゆりかだった。

「大丈夫よ、ちゃんと自分から特訓したりしてるじゃないの。そういうアークウィザードとしての自覚があれば大丈夫よ。上の人達もちゃんと見てくれているわ」

「そう、ですかねぇ……………」

ゆりかは自信なさそうに肩《かた》を落とし、顔を伏せ気味《ぎみ》にする。

「心配いりませんわ、ユリカ。あっちをご覧なさい。どれだけの人が貴女《あなた》の戦いぶりを見つめていたと思いますの？」

だがそこへ新たに現れた人物の声を聞いて、ゆりかの顔が上がった。

「みんな貴女が何かをする度《たび》に声を上げていましたわ。それにわたくし同様に貴女のデータを取っている者達もチラホラと。どちらも敬意を持たない相手にする事ではありませんわ」

やってきたのはクランだった。彼女はフォルトーゼ側の技術顧問《こもん》としてこの場に来ているが、ゆりかの特訓の手伝いで彼女の戦いぶりの記録を取ったりもしている。だから分かるのだ。どれだけ多くの人々がゆりかに注目しているのか、という事が。

「でもでもぉ、最近何だか魔法少女として見られていない気がするんですけれどぉ」

「彼《かれ》らに何と見られようが構いませんわ。大切なのは、貴女には人を守る為の力があるという事。そしてその事を彼らも信じてくれているという事。違いまして？」

「はっ、はいっ、そう思いますぅ！」

クランの落ち着いた言葉を聞いて、ゆりかはおもちゃの人形のように繰り返し首を縦に振った。クランの肯定的な言葉はゆりかの心に強く響《ひび》いた。現金なもので、ゆりかの表情は少し前までの元気を取り戻しつつあった。

「それに………」

そっと近付いたクランは、ゆりかの耳元に囁いた。

「………貴女が魔法少女だって事は、あの男が信じていれば宜《よろ》しいのではなくて？」

「っ!?」

ゆりかは驚きに目を見張り、弾《はじ》かれたかのような勢いでクランの顔を見た。するとクランは軽く目を細めてゆりかに笑いかけていた。そしてゆりかの顔が、じわじわと赤く染まっていった。

「………そ、そう、かなぁ～～～うん、そうかも、しれないなぁ～～～里見さんはぁ、前にそう言ってくれてたからぁ、きっと………」

赤い顔のまま、ゆりかはもじもじと身体をくねらせる。恋愛漫画《れんあいまんが》は大好きな彼女だが、やはり自分の事になると漫画のように鮮《あざ》やかに解決する事が出来ない。今もそう。もじもじとしながら、ああでもないこうでもないと考えを巡らせている。しかしどこか楽しそうでもあるので、少し前までの悩《なや》みは払拭《ふっしょく》されたと見て良かった。

「ホラ、分かったらさっさと行きなさいな！　次のお相手が待っていますわよ！」

ぱんっ

「はっ、はいっ！」

クランにお尻《しり》を叩《たた》かれ、ゆりかは飛び上がる様にして向きを変えた。すると確かに訓練場には少しずつ兵士達が集まり始めている。次の訓練が始まるのだ。

「それと出来ればわたくしが教えた新しい魔法も試《ため》して来て下さいまし。あれならばきっと魔法少女としての評判も上がりますわ」

「分かりましたぁ、行ってきますぅ！」

すっかり元気を取り戻したゆりかは軽い足取りで走っていく。時々転びそうになって危なっかしいのだが、それはつまり普段《ふだん》の彼女だという事。もう心配は要《い》らなかった。

「助かりました、クラン殿下」

「失言でしたわね、貴女らしくもない」

すわ」

「ふふふ、失敗のない完璧《かんぺき》な女の子でいるより、たまにそうして失敗する方が好ましいで

「気が緩《ゆる》んで、つい……」

「……そう思う事に致《いた》します」

ひとしきり言葉を交わすと二人は笑い合う。だがそのすぐ後、クランの表情はスッと真面目なものに戻った。良い機会なので、ナナに話したい事があったのだ。

「ところでナナ……やっぱりあの子は特別ですわね」

するとナナの方も真面目な表情に戻って頷いた。ナナにはクランが何を言おうとしているのか、それに心当たりがあったのだ。

「はい、私もゆりかちゃんの才能に気付いた時には驚きました」

「やはりあの子は、魔法使いの中でも特別ですのね？」

「ええ、群を抜《ぬ》いて。まるで運命に導かれるかのように魔法少女になった、とでも言えば良いのか……」

何処からどう見ても普通の少女だった。ちょっとだけ運動が苦手な、漫画好きの普通の女の子。それがナナのゆりかに対する第一印象だった。とはいえ全く兆《きざ》しがなかった訳ではない。ナナとゆりかが出会ったのは、ゆりかから大量の魔力が漏《も》れ出していたからなの

だ。しかしゆりかが既に中学生であったという事もあり、年齢的《ねんれいてき》に魔法少女にはなれないだろうと思っていた。だが結果はこうだ。自衛の為に教えた魔力のコントロール、ゆりかはそれをあっという間に習得した。ナナがもしやと思って教えた数々の技術も、まるで真綿が水を吸うかの如《ごと》く習得していった。まるで最初からそうなると決まっていたかのようだった。

「……実はさっき、あの子にちょっと教えたら猛毒《もうどく》の化学物質の合成まで、簡単にやってのけましたの」

「私には出来ませんよ、そんな魔力を大量に使うような事。おっとっと、それより合成した化学物質の方は？」

「もちろん危ないから、その前の段階で止《や》めさせましたわ。……この分だとあの子、使用禁止の化学兵器ぐらいはあっさりと合成するかもしれませんわよ」

クランはゆりかの特訓の手伝いをしているが、コーチでもある。ゆりかはもう少し工夫《くふう》して魔法を使えば強くなるのではないか、そう思ったクランは軽い気持ちで化学物質の合成をやらせてみた。するとゆりかはクランの言葉に素直《すなお》に従って、化学物質を合成していった。楽しくなってきたクランは次々と合成方法を教えていったのだが、ゆりかに危ない物を合成させてしまう直前ではたと気付いて慌《あわ》ててストップ、事なきを得たという訳だった。

「つまりこれまで、ゆりかちゃんが最強の魔法使いではないように見えていたのは、大き過ぎる魔法の才能に釣《つ》り合うだけの、知識と経験がなかったから？」

「そういう事ですわね。普通の十代の女の子には、化学物質の知識などありませんわ」

「そして戦闘の経験は今積んでいる最中」

ナナの視線の先では、再びゆりかが戦い始めていた。魔法の杖《つえ》を振り翳《かざ》し、レインボゥハートの仲間達の模範《もはん》となり、新たな訓練相手の大地の民達には大きな障害として立ちはだかる。ゆりかは少しでも多くの経験を積もうと頑張《がんば》っていた。

「だから貴女だけだった。あの子の可能性に気付いていたのは」

「そうかもしれません。そして放置するのは危険だと思っていました」

「そうですわね。悪党に利用されていたらと思うとゾッとしますわ」

ナナはゆりかの才能に気付いた時、彼女に魔法使いとしての訓練を積ませ、レインボゥハートの内側に招いて守るべきだと直感した。そうしなければ人の良いゆりかは悪党の言葉を信じて利用されたかもしれない。そうなった時、どれほどの被害《ひがい》が生じるか。そしてその意味を理解した時の彼女の心はどうなるのか。ナナには放ってはおけなかった。

「里見さんには、ゆりかちゃんの手綱《たづな》をしっかりと握《にぎ》っていて貰う必要があるかもしれません。ちょっとした間違いで、悪夢のような大惨事《だいさんじ》が発生しかねませんから」

ゆりかは今、足りなかった知識と経験を身に付けつつあった。そしてそれによって強化された魔法を振るい始めている。ゆりかがクランから教わった幾《いく》つかの効率が良い魔法のうち『空気中の酸素をちょっとだけ減らす』という魔法などその最たるものだろう。少ない魔力で多くの敵を失神させるこの魔法は、現代戦においては脅威《きょうい》だ。戦闘で身体を動かし酸素を大量に消費する兵士達なので、陸で溺《おぼ》れるような状態になるのだ。攻撃されているように見えないのも大きい。そして何より、儀式魔法《ぎしきまほう》として大規模に行えば、大量殺戮《さつりく》も可能だろう。

「心配ありませんわ。ベルトリオンはわたくしを王道に引き戻した男。ゆりかが道を誤る事などありえませんわ」

「ふふふ、きっとそうですね。あの人に任せておけば安心です」

思えば十年以上前に孝太郎と初めて出会った時、良い死霊使《しりょう》いなんていたんだと、驚いた覚えがあった。その孝太郎がゆりかを傷付ける筈《はず》がない。ナナにもクランの言葉は正しいと感じられた。

リン、リンリン

『皇女殿下、ルースカニア・パルドムシーハ様よりメッセージが届いております』

そんな時だった。クランの腕輪《うでわ》から鈴《すず》の音のような音と共に、人工知能の言葉が聞こえて来た。それは彼女の腕輪――身に着けているコンピューターに、ルースからのメッセージが届いたという報告だった。

「パルドムシーハから？　ふむ、とりあえず開封《かいふう》なさいな」

『仰《おお》せのままにマイプリンセス』

パッ、パパパパッ
「なっ、なんですのこれぇっ⁉」

メッセージを開封したクランは思わず身体を仰《の》け反《ぞ》らせる。立体映像のウィンドウが幾つも開いて、彼女を取り囲んだからだ。通常は一つか二つ程度なので、驚いてしまったクランだった。

「………ウォーロードⅢ改の新しいバックパックの………仕様書………？」

眼鏡の位置を直したクランは、ルースからのメッセージを読み始めた。

「あっ………」

そんなクランが漏らした言葉から事情を察したナナが『まずい』という顔になる。

「………バックパックの主な機能は武装コンテナと追加の通信機器………多数の無人機を格納したコンテナ………多くの規格に対応した通信機能の追加と強化………分かってきましたわ、これはパルドムシーハが同乗する場合に使うバックパックですのね！」

ルースは彼女がウォーロードⅢ改に同乗する場合に必要な新装備の仕様書をクランに送り付けて来た。ルースが書いた仕様書は、クランの手によって設計図に変わる。それが新装備が作られる時の、いつもの手順だった。

「あちゃー……やっぱり……」

ナナは彼女にしては珍しく、苦笑いをしながらぽりぽりと頭を掻《か》き始めた。その姿はどこかゆりかに似ていた。

「お、大忙《おおいそが》しですね、クラン殿下」

そして少し焦《あせ》りながらクランに話しかける。

「まったくですわ。このパルドムシーハの仕様書、大仕事になりますわよ……」

「すみません、私がルースさんに余計な事を言ったばっかりに」

いずれ分かる事なので、ナナはクランに詫《わ》びておく事にした。

「あなたのせいですのっ⁉」

「すみません！　さっき……良かれと思ってつい、ルースさんを乗せれば最強だと言ってしまいまして……」

先刻ルースと共に訓練に参加していた時に、ナナは言ってしまったのだ。ルースを乗せれば孝太郎は最強だと。普段のルースは控《ひか》え目《め》でとても視野が広い少女だが、孝太郎の事に限っては極端《きょくたん》に視野が狭くなり感情的になる。その結果がこの仕様書だった。

「……ナナ、貴女今日はおかしいですわよ？　ただでさえ忙しいこの時に………」

「すみませんすみません！」

ナナは平謝《ひらあやま》りだった。ゆりかの事といい、ルースの事といい、今日のナナは失敗続きだった。特にルースの話は今日でなくても良い話なので、大失敗だった。

「それにティアミリスさんがこの話を聞き付けたら、火力支援《しえん》か何かのバックパックを要求してくるのは確実ですわね」

「それで済めば良いんですけれど………」

「………」

「ごめんなさいごめんなさい！」

今日のクランはとても忙しい。技術顧問、ゆりかのコーチ、戦闘訓練にハッカーとして参加など、様々な現場を渡《わた》り歩いている。だがどうやら、明日以降のクランもとても忙しくなりそうだった。

今回の合同訓練はフォルトーゼ・フォルサリア・大地の民の三者によるもので、日本からの参加は無い。だが、何事にも例外はある。それは特別に招待された太陽部隊サンレンジャーの面々だった。限りなく外部組織に近い彼らだが、一応は日本政府によって組織された対侵略者《しんりやくしや》部隊だ。日本側からは彼らだけが招待を受けている。極《きわ》めてレアなケースと言えるだろう。

「……ありがとうございます！　子供が喜びます！」

「ああ、うん……喜んで頂けて光栄です。お互いに訓練を頑張りましょう」

「はい！　それこそ子供に誇《ほこ》れるように！」

ケンイチから色紙を受け取ると、兵士は何度も頭を下げながら、サンレンジャー達から離《はな》れていく。実はこの兵士はサンレンジャーからサインを貰《もら》ったばかり。息子《むすこ》が大のサンレンジャーファンなのだ。そんな訳で戸惑いつつもサインを書いた彼らだった。

「大人気だな、サンレンジャー」

そこへやって来たのがキリハだった。サンレンジャーの装備は霊子《れいし》力技術が大半を占《し》めているので、技術指導にはその方面の技術者がいる。キリハは、そうした技術者を引き連れてやって来た。彼らはサンレンジャー達に会釈《えしやく》をしながら通り過ぎていく。後にはキリハだけが残った。

「つい二年前には窓際部署《まどぎわ》だった俺達《おれたち》が……少し、戸惑っています」

ハヤトはそう言って苦笑《くしよう》した。サインや握手《あくしゆ》、写真撮影《さつえい》を求めて来たのは先程《さきほど》の兵士だけではない。大地の民は度々《たびたび》サンレンジャーにそれらを求めた。かつては窓際部署、タダ飯喰らいと馬鹿にされる事が多かった彼らだが、今や対侵略者部門の花形だ。彼らは大きく地位が向上していた。特に大地の民の人々は彼らに好意的で、本物のヒーローであるかのように扱《あつか》ってくれている。彼らはかつてサンレンジャー達が自分達の為に戦ってくれた事を忘れていないのだ。

「慣れる事だな。汝《なんじ》らが懸命《けんめい》に戦った証なのだから」

「そう言って貰えると誇らしい気分になります」

キリハの言葉にハヤトの笑顔《えがお》の質が変わる。苦笑いから誇らしげなものへ。自分達の仕事を一番評価してくれたのが地底人だというのは奇妙《きみよう》な成り行きだが、その高い評価は言葉通り誇らしかった。

「ところでブラックローズさん、僕《ぼく》らの為に御足労《ごそくろう》頂き、大変感謝しております」

挨拶《あいさつ》をしない大人二人に代わり、若年《じやくねん》のコタローがキリハに深々と頭を下げた。するとキリハも目を細め、一度頭を下げた。

「これは御丁寧《ごていねい》に。……コタロー、技術指導と言っても、我も使う方であって完全にお飾《かざ》りだ。指導は技師達が行う。感謝は彼らに」

『おいら達はお飾りというか、置き物だホー！』

『埴輪《はにわ》だけにー！』

キリハの優れた頭脳は多くの者が知るところだが、それでも彼女は霊子力技術の専門知識がある訳ではない。大まかな仕組みと使い方を知っているだけなのだ。キリハの役割は技術を伝える事ではない。彼女は大地の民の責任者だった。

「あはは、それを仰《おっしゃ》るなら私達も使う方ですから、やはりブラックローズさんに感謝するので合っていると思いますよ」

キリハの口ぶりにメグミが笑顔を作る。サンレンジャー達も技術の指導を受ける訳ではない。受けるのはやはり部隊の技術者達だ。サンレンジャー達は使い方を習うくらいだろう。立場はキリハと同じだった。

キリハとサンレンジャー達の間に穏《おだ》やかな空気が流れる。だが一人だけ、心配そうにしている人間がいた。それはチーム一番の気遣《きづか》いの男、ダイサクだった。

「……………しかしブラックローズさん、宜しいのですか？　大地の民としても、フォルトーゼとしても、霊子力技術が日本政府に渡る事を危険視していたのでは？」

これは霊子力技術に限った話では無い。フォルトーゼもフォルサリアも、そしてもちろん大地の民も、それぞれの技術が日本国内に流入する事を危険視していた。それが日本政府の組織であったとしてもだ。サンレンジャー以外が招待されていないのは、それが理由なのだ。ダイサクはそこを心配していた。そんなダイサクにキリハは笑いかけた。

「確かに我らは日本政府を完全に信頼《しんらい》しているとは言えない。総体として善意で動いてくれているのは分かるが、組織が大き過ぎて悪意の混入が避《さ》けられないのでな」

日本政府は組織として大き過ぎて、構成人員全てが好意的とは限らない。どうしても自分や所属する組織の為に、あるいは単にお金欲《ほ》しさに動く者が現れる。全体としては好意的に動いてくれているのは分かるが、今はほんの小さな漏洩《ろうえい》にも気を配りたい時期だ。だから危険は冒《おか》せなかった。そしてそれは日本政府側も承知している事だった。

「だったら……どうしてなんですか？」

ダイサクに代わってケンイチが話を引き継ぐ。この辺りの事は招待を受けた時からケンイチも気になっている。ケンイチの目は真剣《しんけん》だった。

「我らは汝ら――サンレンジャーを信じている。それ以上に理由は必要か？」

対するキリハは穏やかな笑顔のまま、きっぱりとそう言い切った。その瞬間《しゅんかん》、サンレンジャーは誰《だれ》もが言葉に詰まった。キリハの言葉は彼らの全てを肯定《こうてい》する言葉だ。彼らの歩みが正しかったという証明とも言えるだろう。その喜びと驚きが大きくて、すぐには言葉が出なかったのだ。

「……流石はブラックローズさん。言う事が違う」

最初にキリハの言葉に反応したのはハヤトだった。それでもその言葉が出るまでに十数秒の時間を要した。

「あんな人と付き合えたらなぁ……」

ハヤトの言葉に反応して、コタローも口を開く。だがコタローは誰かに向けた言葉というより、本心が口から飛び出したような状況《じょうきょう》だった。その目は驚きで丸くなったままキリハに向けられていた。

「コタロー、俺達では釣り合わんぞ」

「分かってる。僕は男爵《だんしゃく》さんじゃないもん。だから一日でいいや」

「そうだなぁ、一日でいいなぁ。それでしばらく自慢《じまん》できる」

二人にはキリハが年下の少女であるという事が信じられなかった。大人びていて、説得力があって、その瞳《ひとみ》には強い信念が宿っている。キリハには指導者としての器が既に備わっているように見えた。そんな彼らの反応に、キリハは笑顔の質を変えて少しだけ苦笑した。

「とはいえ……多少の計算もある。我らが地球を離れている間、日本を守るのは汝らの役目だ。どうしても誰かの強化は必要なのだ」

サンレンジャーはキリハの信頼に感動してくれていたが、実はそこには多少の打算も含《ふく》まれていた。孝太郎達《たち》が不在の間に、通常の兵力では対応出来ない強い敵が現れた場合、元々その目的に特化したサンレンジャー達が対応するよりない。だとしたら孝太郎達の代わりが出来るように彼らを最大限に強化するべきだ――――というのがフォルトーゼと大地の民、フォルサリアの一致《いっち》した見解だった。

「それでも俺達を信じて選んでくれた訳でしょう。同じ事です」

ケンイチはそう言って笑った。通常兵力とは別に、何処《どこ》かに孝太郎と少女達の代わりが出来る者達が必要になる。だから何処かの部隊を強化する。確かにそれは戦略上の打算かもしれないが、どの部隊を選んで強化するかは自由な意思で決められた筈だ。つまりキリハ達指導層は、サンレンジャーとその所属部隊ならば技術の意図的な漏洩はしないだろうと信じてくれたという事だ。結局は打算のあるなしは関係ないのだった。

「おかげで僕のサンダイバーも修理して貰える事になったんだね」

ダイサクも笑う。彼が使う多目的潜水艦《せんすいかん》『サンダイバー』は、以前の戦いにおいてラルグウィンの行動を阻《はば》む為に自爆《じばく》した。それが何の為に行われたのか、それをフォルトーゼの人々は覚えている。だからフォルトーゼの技術でサンダイバーを再生する事には抵抗《ていこう》感はなかった。これはダイサクだけでなくサンレンジャー達にとっても心強い事だった。サンレンジャーは戦闘《せんとう》用の巨大ロボットを持っているが、実はサンダイバーはその脚《あし》になるパーツでもあるのだ。つまりサンダイバーの復活は巨大ロボット『サンファイオー』の復活をも意味する。サンレンジャー達の活動の幅は大きく広がる筈だった。

「ついでに各機の通信や情報共有の仕組みもアップデートする。これで我々との連携《れんけい》もし易《やす》くなるだろう」

大地の民、フォルサリア、フォルトーゼの三つの勢力は、サンダイバー以外のサンマシン四機についても強化する事に決めた。といってもサンダイバーとは違って壊《こわ》れていないので、その強化は通信や情報に関するアップデートが中心となる。三つの勢力と通信や情報共有の仕組みを揃《そろ》えておけば、一緒《いっしょ》に戦う時に連携し易くなる。戦いは情報が鍵《かぎ》を握る時代に突入《とつにゅう》しているので、この強化はある意味必然と言える。なおコンピューターが改造されるおかげで、ついでに合体プロセスが少し早くなるというオマケも付いている。

「助かります、何から何まで」

ケンイチは再びキリハに頭を下げる。この先の任務の重要性を思うと、三つの勢力の協力は涙《なみだ》が出る程ありがたかった。

「ケンイチ、これは誰かの為というより、皆《みな》の為に行われる事だ。感謝というなら、それを任務の成果として表して欲しい」

「はいっ！」

ケンイチの胸に新たな闘志《とうし》が宿る。かつては窓際部署と呼ばれ、人々を守るというケンイチの夢も失われていた。だが運命の悪戯《いたずら》か、今はそれが戻《もど》って来ている。そしてその夢が叶《かな》うかどうかは、これからの戦いぶりにかかっている。やる気が出ない筈がなかった。

そしてそれは考え方や捉《とら》え方《かた》に多少の差は有れど、他の四人にとっても同じだった。

「……やっぱりいいなぁ、ブラックローズさん」

「ウチの六本木《ろっぽんぎ》博士と交換《こうかん》してくれないものか……」

「無理でしょ」

「知ってる」

仕事の話がひと段落し、キリハとサンレンジャーの間にある空気が少し和《なご》む。その気配を察したメグミが笑顔でキリハに歩み寄った。

「ところでブラックローズさんは、男爵さんとの関係は進展したんですか？」

そんなメグミの質問にほんの一瞬《いっしゅん》驚《おどろ》いて目を丸くしたキリハだったが、すぐに普段の落ち着きを取り戻してメグミに笑い返した。

「それがなかなか……酷《ひど》く真面目な男で、苦労させられている」

「本物の伝説の英雄《えいゆう》ですもんねぇ……」

メグミは腕組《うでぐ》みをして唸《うな》る。そして隣《となり》にいたダイサクに目を向けた。

「私はダイサクさんで良かったわ」

「僕は普通《ふつう》の男だからね」

少し前からメグミはダイサクと付き合っている。悪魔男爵《あくまだんしゃく》――孝太郎は名実共に英雄なので、自分達《たち》のように簡単にはいかないのだろうなと思うメグミだった。

「ところが我ら大地の民にとっては、汝らサンレンジャーこそが英雄なのだ」

「あっ、そうか……そういう事なのね」

孝太郎は英雄なのだが、ダイサク同様に今も普通の男のつもりでいる。だから普通の人間としてのルールを守ろうとし、結果キリハ達との関係が進まない訳だった。

「うむ。そういう自覚がないところや、逆に自覚があるところが問題になっている」

逆に英雄、あるいは騎士《きし》として模範を見せねばならないという強固な思いもある。孝太郎としてはアライアの顔に泥《どろ》は塗《ぬ》れない。そのアライアが望んでいるとしてもだった。

「それに英雄だと……世が乱れている時に自分だけ幸せにはなれない、ってのもあるわよね……私達も結婚《けっこん》は先延ばしになっているし……」

一見のんびり温厚《おんこう》そうに見えるダイサクだが、決断力と漢気《おとこぎ》は持ち合わせている。既にメグミにプロポーズを済ませていて、結婚が決まっていた。だが今の状況ではその暇《ひま》はない。結婚は準備にも式にも大量の時間が必要になる。今の忙《いそが》しい状況ではそれは難しかった。

「それだけに、頑張らねばな」

「そうだね、僕もそれが一番だと思う。それで晴れてメグミちゃんを嫁《よめ》に貰うんだ」

「もうやだぁっ、ダイサクさんったらぁ〜〜〜。ブラックローズさんも傍《そば》で聞いているのよっ⁉」

懸命に任務をこなし、平和な世の中を作る。そしてメグミと結婚する。そんなダイサクの力強い言葉に、メグミはとても嬉《うれ》しそうだった。口では否定的な事を言っていたが、それが建前であるのは明らかだった。

――平和になったら、孝太郎も決断してくれるのだろうか……。

そんな二人に優《やさ》しげな視線を向けながら、キリハは胸の中で自分達の将来を想《おも》う。この時ばかりはキリハも普通の少女と同じように、二人と同じような未来が待っていると良いなと願うのだった。

全ての準備を終えた孝太郎達はいよいよ出発の日を迎えていた。手続きも引継《ひきつ》ぎも荷物の選定も完了《かんりょう》、後は出発するばかりとなっていた。

「………それにしてもお前ら、幾ら何でも、もう少しどうにかならなかったのか？」

孝太郎は少女達の荷物を眺《なが》めながら、半ば呆《あき》れた様子でそう言った。少女達の荷物は山のようになっている。どう見ても一人分が段ボール箱数個分はある。全ての荷物がバックパック一個に収まっている孝太郎とは大違《おおちが》いだった。

「これでも大分減らした方なんですよぉ。最初はもっとあったんですぅ」

ゆりかはそう言いながら両手を斜《なな》め上に持ち上げる。その仕草からすると当初の荷物は膨大《ぼうだい》な量だったのだろう。

「どうだ参ったか！　あたし達はこの量まで減らす努力をしたのだ！」

早苗はあっけらかんと笑う。孝太郎の言葉を気にした様子はなかった。ちなみにゆりかと早苗の荷物が一番多い。もし静香がダイエット器具のセットを持っていくのを諦《あきら》めなかったら、一番は静香だった。

「これで減ったのか………参った」

「えっへん！」

「女の子は準備が多い――お前が言ったんだぞ、コウ」

「キンちゃんとナルファさんはそれなりの荷物じゃないか。むしろマッケンジーの方が荷物多いぞ」

琴理とナルファは共に、バックパックが一つと、大き目のバッグをキャリーカートに載《の》せて引いている。いわゆるごく普通の海外旅行のスタイルだ。孝太郎よりも荷物が多いもののの『女の子だからな』という言葉の正しい範囲《はんい》に収まっているように感じられた。

「ところでマッケンジーは何をそんなに持って来たんだ？」

「何って、普通だよ。服とかヘアケア用品とかスキンケア用品とか」

「なるほどな、お前を男前にしている道具が詰《つ》まっている訳か」

「向こうの製品が合わなかったら大変だからな」

「変なところだけ心配性《しんぱいしょう》だな、お前」

そこへ話題に上がっていた琴理とナルファがやってくる。『朧月《ろうげつ》』のクルーに荷物を預けたので、今の彼女達《かのじょたち》は小さなバッグを持っているだけだった。

「コウ兄さん、私達がどうかしましたか？」

「聞こえてたのか。あいつらの荷物が多過ぎるだろうって話をしてたんだ。あれはどう見てもキンちゃんとナルファさんの三倍ぐらいあるだろ？」

「あはは、私やコトリはオマケですから、あんまり多いと御迷惑《ごめいわく》だろうと思ったんです。だからもし自分の宇宙船でフォルトーゼへ帰るのだとしたら、私もあんな感じだったかもしれません」

「自分の宇宙船かぁ……私達には縁《えん》が無いだろうなぁ……」

「そうですね、ふふふ」

琴理は完全に地球の一市民だし、ナルファはそれなりに裕福《ゆうふく》な家の出だが、それでも自分用の宇宙船――『朧月《ろうげつ》』並みの積載量《せきさいりょう》の――を買うのは簡単な事ではない。つまり二人の荷物はきっとこの規模のままだろう。二人は顔を見合わせて楽しそうに笑った。

「そうだな、俺達には無縁《むえん》だな」

孝太郎も笑う。荷物をバックパック一つにまとめた孝太郎は、どちらかと言えば琴理やナルファと同じ側だった。だが、そう思わない者もいた。

「コータロー、宇宙船ぐらいそなたが買ってやればよいじゃろう?」

ティアは孝太郎の言葉の意味が分からなかった。目をぱちぱち瞬《まばた》きを繰《く》り返し、不思議そうに首を傾《かし》げる。

「そんなお金が何処にあるんだよ?」

「フォルトーゼに。宇宙船なぞ捨てる程《ほど》買えるぞ。なんなら宇宙港付きの城を建てても良いぞ？」

「あのお金は有って無きが如しだろ。フォルトーゼが危ない時以外に使う訳にはいかないって」

孝太郎はフォルトーゼに天文学的な額の資産がある。アライアが決めた俸給《ほうきゅう》とその利息分だ。その金額は空前絶後のとてつもない額なので、フォルトーゼ政府は資産としての額を確定させるのを諦めた。二千年分の俸給を詳細《しょうさい》に計算するのが困難である事に加え、確定させたところでどのみち債務《さいむ》不履行は確実なのだ。だから孝太郎がお金が必要だと思った時に、その額をその都度フォルトーゼ側が用意するという形を取る事にした。手間を省いて実質無限大の預金額とした訳だ。

だが孝太郎にはその無限の預金を使う気がなかった。この資産はアライアの信頼そのものである訳なので、安易には使えなかった。アライアの意図を想像すると、フォルトーゼの為《ため》に使うのが正しいだろう。また孝太郎が何かを買うと、みんながそこに注目して社会や経済への影響《えいきょう》が大きい。その意味でも安易な買い物は出来なかった。加えて孝太郎はその資産の扱いをティアに任せている。最初から、自分で何かに使おうとは思っていないのだった。

「そなたの宇宙船や城ぐらい、アライア帝《てい》も買えと言うと思うがのう。どう思う、ハルミ？」

「そうですね………当時の人々の考え方からすると、領主の軍船や城が貧弱《ひんじゃく》だと不安になりますから、アライアさんも国土の状態に合ったものなら是非《ぜひ》作れと仰る筈です」

晴海はアライアと同じ魂《たましい》を持っているが、それでも二人は別人だ。別の環境《かんきょう》で育ち、別の心を持っている。だが魂が同じで、シグナルティンのおかげで孝太郎と別れるまでのアライアの記憶《きおく》も持っている事から、晴海にはアライアがどう考えるかという推理が出来る。今回のような政治的な判断を含む話の場合、その推理の正確さは百パーセントに近かった。

「ホレみろ。本人があぁ言うておるじゃろが」

「桜庭先輩《せんぱい》っ！」

「ごめんなさい、つい！」

晴海は口では孝太郎に詫びたが、それほど詫びる意思はなかった。言った内容は本当の事だし、孝太郎が真面目過ぎるだけなのだ。だから晴海は楽しそうに笑っていた。かつての彼女《かのじょ》はこういう場合には本気で詫びていただろう。手首に結ばれたリボンのおかげもあって、話題によってはこうして少し前に出る事が出来るようになってきた晴海だった。

「ねえ、藍華《あいか》さん。里見君の俸給って今どのぐらいになってるの？」

話を聞いていた静香は不思議そうな顔で真希を見る。真希は孝太郎の騎士団《きしだん》の会計係を兼務《けんむ》しているので、その辺りの数字には詳《くわ》しかった。

「私も大まかにしか計算していませんが、俸給に付く今年分の金利だけで国家予算のケタを何桁《なんけた》も上回っているのは確実です」

既《すで》に利息の額が国家予算を上回っているので、本来なら債務不履行の状態だ。逆に言うとそれ以上の額であれば、計算する意味がない。だからそれが分かった時点で真希は計算を止めていた。

「素人《しろうと》考えだけど、金利を下げれば良いんじゃないの？　政府なんだから」

「それは中央銀行が金利を下げるという事なので、国全体の経済活動に影響を及《およ》ぼします。激烈《げきれつ》なインフレや通貨安の原因になるのではないかと」

「下手に変えられないのね、金利って……」

せめて俸給が利息で増えるのを止められないかと考えた静香だったが、金利は経済活動と一体なので、安易に変える訳にはいかないのだった。

「つまり……俸給に手を付けない孝太郎と、経済政策を弄《いじ》らなかったエルファリア殿《どの》は賢明《けんめい》だったという事になるだろう」

キリハが話をまとめる。孝太郎かエルファリア、どちらかが判断を誤ればフォルトーゼの経済は大混乱に陥《おちい》っただろう。だがそうはならなかった。二人の判断が正しかったと言えるだろう。

「おやかたさまは手を付けなかったというよりは、アライア帝の期待に応《こた》えたいだけのように思いますが」

ルースはそう言って微笑《ほほえ》む。孝太郎はただ騎士道《きしどう》を通した。古い騎士の家であるパルドムシーハに生まれたルースなので、孝太郎がそうした事はとても嬉しい事だった。

「エルファリアさんはベルトリオンを逃《に》がさない為にやっただけではありませんの?」

逆にクランは、エルファリアに関しては怪《あや》しいと考えていた。エルファリアは常々、孝太郎を現代フォルトーゼに縛《しば》り付ける為の策を実行し続けている。クランはこれもその一つだろうと考えていた。

「母上か……おお、そうじゃ！　出発前に母上に報告をしなくては！」

エルファリアの名前が出た事で、ティアは彼女に連絡《れんらく》をするのを忘れていた事に気が付いた。予定通りの日程で帰る訳ではあるが、一応今から出発するという報告をしておいた方が良い。ティアは早速《さっそく》自身が身に着けている腕輪――コンピューター内蔵――を弄り始めた。

地球とフォルトーゼ本星を行き来する場合、最速の乗り物は皇族級宇宙戦艦《せんかん》だ。皇族級宇宙戦艦は通常、強力な空間歪曲《わいきょく》航法――――いわゆるワープの為の装置を装備している。それによって地球とフォルトーゼを十日で移動する事が可能だった。だが乗り物でなければ、十日よりも短い期間で地球とフォルトーゼを移動するものがある。それは通信用のポッドだった。

通信用のポッドは、通信のデータを運ぶ為の小さな貨物コンテナだ。通信ポッドは人を乗せている訳ではないので、安全対策は人口密集地を避けるだけで良い。また小さく構造も簡単なので、安価に沢山《たくさん》用意できる。だから複数のポッドを有人の宇宙船ではありえない強引《ごういん》なやり方で発射し、そのうちの一つでも届けばいいという考え方をすると、ほんの数日で地球とフォルトーゼを行き来する事が出来る。もちろんこのやり方では機密性の高いデータは送れない。データの暗号化も絶対ではないので、多くのポッドを撃《う》ち出すこのやり方はポッドが敵の手に渡ると厄介《やっかい》な事になる。だが娘《むすめ》が母親に宛《あ》てたメッセージの運搬には十分だった。

『という訳で母上、無事に準備が完了しましたので、これから出発致《いた》します』

エルファリアが受け取った通信用のポッドには、娘のティアからのメッセージが記録されていた。内容はこれから出発するというもの。簡単な経緯《けいい》の解説や、日時が予定通りである事が添《そ》えられていた。

——良い笑顔をするようになりましたね、ティア……。

メッセージはティアが直接喋《しゃべ》っている様子が映像の形式で記録されている。だからエルファリアが眺めている立体モニターにはティアの笑顔がはっきりと表示されていた。かつてのティアは、母親のエルファリアにだけはどこか寂《さび》しそうな印象の笑顔を見せていた。だが今のティアは違《ちが》う。ただ輝《かがや》かんばかりの笑顔が映し出されていた。それは母親としては嬉しい限りだった。

『そちらに着いたらお話ししたい事が沢山あります。しばらくお待ち下され』

そしてティアのメッセージがそろそろ終わりそうになった、その時だった。ティアの笑顔を変えた最大の原因が立体映像に映り込《こ》んだ。

『おいティア、そろそろ行くってよ』

『分かっておる、母上にメッセージを送っておるところじゃ、しばらく待っておれ』

『せっかちなくせに、俺達の事は待たせるよな、お前』

『やかましい！　王者というのはそういうものじゃ！』

ティアが変わったのは、地球で出会った多くの人々の影響だ。だが最大の影響を与《あた》えたのはやはり、ティアが愛した男性——孝太郎だ。その親密さは立体モニター越《ご》しにも十分に伝わってくる。母親であるエルファリアには娘のティアが幸せなのだと、はっきりと分かった。

『都合よく王者になるなよ』

『女の子じゃもん♪』

『分かった分かった。ともかく急げよ？』

『分かっておるわ！』

だがエルファリアが立体映像に向ける視線は複雑だ。ティアには母親としての視線を向けていたが、孝太郎には娘の交際相手に向ける視線とは少し違うものを向けていた。

――お変わりは無いようですね……。

孝太郎はティアに幾つか言葉をかけると、撮影しているカメラのフレームから出ていこうとしていた。そこへ向けられるエルファリアの瞳には、何かしらの真摯《しんし》な想いが宿っていた。

――でも……今回も私を見ては下さらないのですね、レイオス様……。

ティアと孝太郎が結ばれる、それで良い筈だった。そうなると良いと願ってティアを地球へ送った。しかし二十年ぶりに孝太郎と再会してからというもの、エルファリアは心の奥底《おくそこ》に小さな引《ひ》っ掛《か》かりを覚えるようになっていた。

――情けない、十代の少女でもあるまいに………。

エルファリアは自分が馬鹿な事を考えていると自覚していた。孝太郎は単なるティアの想い人で良い筈なのだ。なのにそれ以上の事を期待している自分がいる。心のどこかで、孝太郎の視線が自分に向く事を期待していたのだ。

『………っと、俺《おれ》にもエルに話が有るんだった』

フレームアウトしかけた孝太郎が、不意に映像の真ん中に戻ってくる。そして孝太郎はエルファリアを真《ま》っ直《す》ぐに見た。

――レイオス、様………？

その瞬間、エルファリアの頭が真っ白になった。孝太郎はカメラを見ただけだ。だがエルファリアには孝太郎が自分を見てくれているという実感があった。もちろん、それに喜んでしまう自分を大人げないと思っている。それでも躍《おど》る気持ちは止まらなかった。

『こっちのお茶や紅茶やらを幾つか買ったんだ。俺のバイト代で買ったヤツだから、皇帝《こうてい》陛下に献上《けんじょう》するには安物なんだが、面白《おもしろ》いからそっちのと飲み比べてみようぜ。お茶の準備をしておいてくれ』

「………」

エルファリアの胸に言葉にならないあたたかな想いが広がる。それは二十年前にも感じた事がある想いだった。もちろん映像の中の孝太郎はその事には気付いていない。

『ほんじゃまたなー』

孝太郎は笑顔を残して今度こそフレームアウトしていった。真に親しい人間に向けられたその笑顔は、明るく、そして無防備だった。

「………フォルトーゼの皇帝に、お茶の用意をしろなどと言う人間は、貴方《あなた》ぐらいですよレイオス様………」

エルファリアはそう言って軽く微笑むと、服の胸元《むなもと》をぎゅっと握《にぎ》り締《し》める。まるでそこにある何かが溢《あふ》れ出してしまわないようにするかのように。そうしながら彼女はゆっくりと立ち上がった。

「………どうして貴方は、そうやって簡単に………私を………」

批判めいた言葉を口にしながら、エルファリアは戸棚《とだな》に歩み寄ってガラス越しに茶器を眺め始めた。お茶や紅茶は彼女の趣味《しゅみ》なので、彼女の部屋には沢山の茶器が並んでいる。孝太郎が来たらどれを使おうか、それは悩《なや》ましい問題だった。悩まなければいけない事は他にもある。どの茶葉を用意するかも大きな問題だった。

「………こちらへ来たら罰《ばつ》を与えなくては………何か、とても大きな罰を………」

エルファリアは戸棚からティーカップを一つ取り出し、様々な方向から眺める。だが幾《いく》

らもしない内に、そのカップを一旦棚《いったんたな》に戻し、別のカップを手に取る。彼女はそうやって慎重《しんちょう》にカップを選び始めた。そしてソーサー、ティーポット、茶葉。それらもティーカップと同じくらい慎重に選んでいった。エルファリアは楽しそうだった。そして恐《おそ》らく、幸せそうだった。

ころな陸戦規定

NEW! 2011/9/12

第三十四条

　ころな陸戦条約に批准した者は、二〇二二年九月十二日に取得したサンレンジャーの装備に関する情報を最高機密扱いであるものとする。

第三十四条補足

　メガネっ娘、サンレンジャーの巨大ロボ直すってホントなの!?　お、落ち着きなさいな、サナエ。だって合体出来ないって聞いてずっと気になってたんだもん！　同じ顔二人で迫ってこないで下さいまし！　………本当ですわ。フォルトーゼ・フォルサリア・大地の民の技術者達が総力を挙げて再生中ですの。やーったー!!　一応向こうの最高機密なんですから、安易に喋るんじゃありませんわよ？　うんっ！！　………『早苗ちゃん』達のあの笑顔と目の輝き………不安だなぁ………。

あとがき

皆さんお久しぶりです、作者の健速《たけはや》です。今回はあとがきが三ページなので早々に本題に移ろうと思います。

遂に来ました、祝・四十巻到達！　今回はそれを記念し、この巻の発売と同時にBOOK☆WALKERさんで電子版の中編小説『【BOOK☆WALKER限定】六畳間の侵略者!?　へらくれす！出張版』（この本の半分ぐらいの文章量）が発売されています。そうです、こんな事をしていたから発売がいつもより一ヶ月遅れました。私やポコさんは普段通りのタイミングで仕上げたのですが、年度末に五十パーセント増しの仕事量は他のセクションが回りませんでした（笑）こればっかりは仕方がないので、文句はありません。皆さんご心配をおかけしました。この中編はみんなで夏祭りに行く話です。加えてナナに少しスポットライトが当たります。興味がある方はBOOK☆WALKERさんで購入して頂けると幸いです。これに絡んでクイズ企画もあるそうなので、BOOK☆WALKE

Ｒさんや私やＨＪ文庫のＴｗｉｔｔｅｒを覗いて頂ければと思います。

そうそう、こちらの中編に加えて、これまでのＢＯＯＫ☆ＷＡＬＫＥＲさん向け店舗特典ＳＳがまとめて付属する四十巻の特装版（これも電子版）も一緒に発売になっています。

そして更に来ました、祝・シリーズ累計発行部数百五十万部突破！（電子版・漫画版・海外版含む）こういうお祝いはまず十万部や百万部の時にやるんじゃないかと思われるでしょうが、営業も編集も数えてなかったという大失態（笑）で百五十万部の今回にお伝えする事となりました。これについては特にキャンペーンや企画はないのですが、ある種の節目となると思いますので、皆さんにお伝え出来る事を嬉しく思います。この知名度でこの数字まで来ているという事は、よっぽど読者の皆さんに恵まれたという事になると思うのです。本当にありがとうございます。そしてこれからもよろしくお願い致します。


ついでと言ってはなんですが、この『六畳間の侵略者!?』四十巻は、ＨＪ文庫における通巻番号が丁度千番になるそう。これはＨＪ文庫が出した千冊目の本という意味です。つまりＨＪ文庫の本の四パーセント強が六畳間という事です。結構な頻度で出ている事が分かりますね。

この巻の内容に触れる余裕がないままにあとがきのページが尽きてしまいました。でも全く記述無しはまずいと思うので触れておくと、過去にＨＪ文庫のサイトで公開していた短編三本に、書き下ろしの中編を加えたものです。

最後にいつものご挨拶を。

この巻を製作するにあたりご尽力頂いたＨＪ文庫編集部の皆さん、急に仕事量が増えたのに文句ひとつ言わずに頑張って下さったイラスト担当のポコさん、そしてこれまで本作を支えて下さった世界各地の読者の皆様に篤く御礼を申し上げます

それでは四十一巻のあとがきで、またお会いしましょう。

二〇二二年　三月

健速

HJ文庫 https://firecross.jp/
1000

六畳間の侵略者!? 40

2022年4月1日　初版発行

著者――健速

発行者―松下大介
発行所―株式会社ホビージャパン

〒151-0053
東京都渋谷区代々木2-15-8
電話　03(5304)7604（編集）
　　　03(5304)9112（営業）

印刷所――大日本印刷株式会社

装丁――渡邊宏一／株式会社エストール

Printed in Japan

ISBN978-4-7986-2754-0　C0193